W0287944

Birgitta Elín Hassell
Marta Hlín Magnadóttir
Dämmerhöhe
Lautlos

Birgitta Elín Hassell
verbrachte den Großteil ihrer Kindheit lesend in der örtlichen Leihbücherei. Bevor sie Autorin wurde, verkaufte sie Flugtickets für eine isländische Airline. Heute schreibt sie erfolgreich Jugendbücher und lebt mit ihrem Mann, ihren beiden Kindern und der Katze Krúsí am Rand von Reykjavik.

Marta Hlín Magnadóttir
wurde in einem kleinen Fischerdorf an der isländischen Westküste geboren. Bevor sie zu schreiben begann, arbeitete sie als Klavierlehrerin. An der Universität lernte sie Birgitta kennen, mit der sie 2011 den Kinder- und Jugendbuchverlag Bókabeitan gründete. Gleichzeitig entwickelten sie gemeinsam die Idee für die Serie »Dämmerhöhe«. Marta lebt mit ihrer Familie im Zentrum von Reykjavik.

Birgitta Elín Hassell
Marta Hlín Magnadóttir

Dämmerhöhe
Lautlos

Aus dem Isländischen von
Anika Wolff

Arena

Unseren Schwestern, Müttern, Töchtern und Freundinnen,
Söhnen, Vätern, Ehemännern und Verwandten,
Guðmunda, Helga und Páll herzlichen Dank
für die guten Ratschläge, die Anmerkungen und das Anspornen

FSC
www.fsc.org
MIX
Papier aus verantwortungsvollen Quellen
FSC® C110508

1. Auflage 2016
© für die deutsche Ausgabe 2016 Arena Verlag GmbH, Würzburg
Die Originalausgabe erschien 2011 unter dem Titel
Rökkurhæðir: Rústirnar bei Bókabeitan, Reykjavík, Island
© Birgitta Elín Hassell, Marta Hlín Magnadóttir 2011
Alle Rechte vorbehalten
Aus dem Isländischen von Anika Wolff
Covergestaltung: Frauke Schneider
Gesamtherstellung: Westermann Druck Zwickau GmbH
ISBN 978-3-401-60144-1

Besuche uns unter:
www.arena-verlag.de
www.twitter.com/arenaverlag
www.facebook.com/arenaverlagfans

Rökkurhæðir ist ein Vorort der Stadt Sunnuvík und auf den ersten Blick ein traumhaftes Fleckchen.

Früher einmal war dieses Stadtviertel ein kleines Dorf, an den schattigen Hang des Hügels geschmiegt, nach dem es benannt ist: Dämmerhöhe. Heute bildet dieses Dorf den Kern des alten Teils von Rökkurhæðir, wo sich kurvige Straßen um mehr oder weniger windschiefe Häuser schlängeln, die meisten hinter hohen Bäumen verborgen und somit vor Wind und Wetter geschützt.

Der neue Teil von Rökkurhæðir sieht völlig anders aus. Obwohl die Einzel- und Reihenhäuser nicht besonders hoch sind, spendet ihnen kein Baum Schatten, wenn die Sonne erbarmungslos vom Himmel knallt, und auch der Hügel bietet keinerlei Schutz.

Die Mehrfamilienhaussiedlung am Fuße der

Dämmerhöhe heißt Skuggadalir, Schattental. Ein Name, den sie nicht ohne Grund trägt, denn die Häuser liegen fast den ganzen Tag im Schatten, das ganze Jahr über.

Weiter oben am Hang stehen die Ruinen. Vor einiger Zeit noch bildeten sie den neuesten Teil des Viertels: schicke Wohnblocks und große Einfamilienhäuser mit Blick über das Viertel und auf den Fjord. Heute sind davon nur noch Ruinen übrig, von der Natur mit aller Macht zurückerobert. Manchmal reden die Erwachsenen hinter vorgehaltener Hand über das, was dort geschehen sein soll - übernatürliche Ereignisse, sagen manche, andere sprechen von Gräueltaten. Doch ganz genau weiß das niemand.

Zumindest die Kinder nicht.

Niemand spricht laut über die Ruinen, höchstens, um den Kindern zu verbieten, sich dort herumzutreiben - was die meisten von ihnen natürlich trotzdem heimlich tun.

Es geht einiges vor sich in Rökkurhæðir.

Manches ist unglaublich.

Manches unheimlich.

Manches fürchterlich ...

1

Anna lief den Weg hinauf, der quer durchs Viertel führte. Lähmende Verzweiflung packte sie, doch sie wusste, dass sie durchhalten musste – zumindest bis sie zu Hause war.

Auf dem Marktplatz blieb sie kurz stehen und warf einen Blick in Richtung Turnhalle. Das letzte Training vor dem Wettkampf am Wochenende würde bald beginnen. Ohne sie.

Ihr Bruder lag todkrank in der Klinik.

Píla war tot.

Und schuld an allem war allein sie.

Es begann zu schneien. Die weißen Flocken schmolzen auf Annas Wangen und mischten sich mit ihren Tränen. Sie schluchzte leise und lief weiter.

Genau dort, an der Turnhalle, war ihr das Mädchen zum ersten Mal begegnet. Das Mädchen? Ein Mädchen war das ganz sicher nicht, so viel stand fest. Anna war sich noch nicht einmal sicher, ob es sich um ein menschliches Wesen handelte. Dafür hatte sie zu viel Unbeschreibliches gesehen.

Doch was immer es auch war – gezeigt hatte es sich immer in Gestalt eines Mädchens.

Eines Mädchens, dessen Namen Anna nicht kannte.

Wenn es nur das wäre.

Sie erinnerte sich noch genau an den Tag, an dem sie sich zum ersten Mal begegnet waren. Kalt und nass und dunkel war es gewesen, überall Schnee und an vielen Stellen Matsch auf den Bürgersteigen, aber trotzdem irgendwie angenehm. Ein isländischer Winter, wie er besser nicht sein konnte: genug Schnee auf dem Hügel, um Ski und Snowboard fahren zu können, und die sonst so belebten Straßen und Gehwege von Rökkurhæðir wie leer gefegt. Anna war hastig vom Training aufgebrochen, um sich zu Hause schnell ihre Schneehose zu schnappen und auf den Berg zu kommen. Sie wusste noch, wie gehetzt sie gewesen war, gehetzt und gestresst, weil sie befürchtete, ihre Mutter oder ihr Vater könnte schon zu Hause sein und ihr verbieten, noch einmal loszuziehen.

In der nächsten Woche stand nämlich eine Klassenarbeit an, außerdem musste sie noch einen Aufsatz abgeben. Ihre Eltern hielten ihr ohnehin schon ständig vor, dass sie immer erst auf den letzten Drücker mit dem Lernen anfing und sowieso nicht genug für die Schule tat. In seinem Leben müsse man nun mal »Prioritäten setzen«.

Schließlich war das nicht irgendeine Arbeit, sondern eine Geschichtsklausur bei Schwitze-Sveinbjörg, der Mittelstufen-Geschichtslehrerin der Rökkurskóli. Sveinbjörgs Arbeiten waren immer verdammt schwierig und die Korrekturen extrem pingelig. Trotzdem hatte Anna noch so gut wie nichts gelernt, noch kein Mal das Geschichtsbuch aufgeschlagen.

Sie hatte so viel anderes um die Ohren, dass fürs Geschichtebüffeln einfach keine Zeit blieb.

Zumindest nicht, wenn sie ab und zu auch mal schlafen wollte.

Über diese Dinge hatte sie nachgegrübelt, als sie an jenem kalten Winterabend nach Hause lief. Sie war so in ihre Gedanken versunken, dass sie überhaupt nicht auf den Weg achtete und plötzlich mit einem Mädchen zusammenprallte, das mit einem Mal vor ihr aufgetaucht war.

Sie landeten beide im Matsch, Anna verlor ihre Schultasche und Bücher und Blätter flogen in alle

Richtungen. Hastig versuchte sie, ihre Schulsachen vom nassen Boden zu retten.

Das Mädchen hatte nichts bei sich, aber anscheinend hatte es sich wehgetan. Zumindest lag es mit dem Gesicht nach unten auf dem Boden und rührte sich nicht. Anna rutschte das Herz in die Hose. Hatte es sich ernsthaft verletzt?

Doch gleichzeitig war sie auch ein bisschen genervt. Warum musste die blöde Kuh auch so plötzlich auftauchen, genau jetzt, wo sie es so eilig hatte?

Anna ging zu ihr und fragte vorsichtig: »Ist alles okay? Bist du verletzt?«

Langsam richtete das Mädchen sich auf, bis es mit ausgestreckten Beinen dasaß, das Kinn auf der Brust. Es trug eine dicke Daunenjacke mit großer Kapuze, die ihm so tief ins Gesicht hing, dass Anna nichts davon erkennen konnte.

Da hob das Mädchen den Kopf, wie in Zeitlupe.

Das Erste, was Anna sah, war das Lächeln. Oder vielmehr: das Grinsen. Danach kam eine Nase zum Vorschein und dann blickte Anna in die finstersten Augen, die sie in ihrem Leben gesehen hatte.

Von einem Moment auf den anderen wurde ihr ganz schwindelig. Es war, als würde sie in einen pechschwarzen Abgrund blicken. Sie hatte das Gefühl, seltsame Geräusche zu hören,

Schreie Kinderweinen Winseln Donner

doch das konnte nicht sein, es war niemand in der Nähe.

»Ist mit dir denn alles okay?«, fragte das Mädchen und fixierte Anna.

»Jaaa ... jaja, alles okay ... ich ... also ...« Anna schüttelte den Kopf. »Nein, nichts, alles okay bei mir. Und bei dir? Hast du dich verletzt?«

Das Mädchen stand auf, streckte sich und sagte: »Nein, fühl mich wie neu.« Dann lachte es. »Wohin wolltest du denn in diesem Affenzahn? Sah fast so aus, als wärst du um dein Leben gerannt.«

Anna wurde rot. »Na ja, also ... ich muss halt so schnell wie möglich nach Hause. Am besten sofort.«

»Dann gehen wir doch einfach zusammen. Ich glaube, wir müssen in dieselbe Richtung.«

Das Mädchen sah Anna an und lächelte ein irgendwie eigenartiges Lächeln. Anna war froh, endlich weiterzukommen, wenn auch nicht in dem Tempo, das sie selbst gewählt hätte.

»Und warum hast du es so eilig? Musst du etwa vor deinen Eltern zu Hause sein?«

Schon wieder huschte dieses komische Grinsen

über das Gesicht. Als wüsste das Mädchen mehr, als es eigentlich wissen konnte.

»Warum fragst du?«

Anna fand dieses Mädchen mehr als eigenartig, trotzdem wollte sie gerne mit ihm reden. Es hatte irgendetwas an sich, das ihr bekannt vorkam, als müsste Anna es eigentlich kennen, doch sie kam nicht darauf, woran das lag. Sie konnte sich nicht erinnern, es je zuvor in Rökkurhæðir gesehen zu haben. Auf die Rökkurskóli ging es jedenfalls nicht, so viel war sicher.

Mit einem Mal musste sie diesem Mädchen erzählen, was sie gerade so aufwühlte. Aus irgendeinem Grund hatte Anna das Gefühl, ihm vertrauen zu können, und etwas in ihr drängte sie dazu, ihm ihre Probleme anzuvertrauen.

Kurz überlegte sie, kam dann aber zu dem Entschluss, dass nichts dagegensprach. Sicher wäre es erleichternd zu erzählen, wie verdammt schwierig es geworden war, alle Dinge in den Griff zu bekommen, die sie tun musste und wollte. Und es gleichzeitig allen recht zu machen – ihren Eltern, den Lehrern, dem Trainer, dem Tanzlehrer, ihren Freundinnen.

Anna trainierte viermal in der Woche Handball beim SVR, dem Sportverein Rökkurhæðir. Sie war im Schülerrat, ging zum Jazzballett und hatte zu Weihnachten ein Snowboard bekommen, das sie gerne jeden Tag benutzen würde. Doch sie wusste, dass ihre Eltern dann endgültig STOPP sagen würden.

Auch mit ihren Freunden musste sie natürlich ab und zu etwas unternehmen – ins Kino gehen, in die Stadt, in Cafés und so weiter.

Und das waren nur ihre Hobbys.

Anna ging in die achte Klasse und der Stoff wurde in der Mittelstufe wirklich deutlich härter. Die Lehrer taten alle so, als müsste man nur für *ihren* Unterricht lernen und könnte den Rest schleifen lassen.

Um das alles hinzubekommen, hätte jeder Tag doppelt so lang sein müssen.

48 Stunden, ja, das wär toll.

Mittlerweile war Anna an dem Punkt angekommen, sich zwischen ihren Hobbys und der Schule entscheiden zu müssen.

Das Handballtraining aufgeben und ihre Mannschaft im Stich lassen konnte sie auf keinen Fall, zumal sie der einzige Torwart war. Es standen noch drei Spiele um die isländische Meisterschaft aus und sie hatten gute Chancen auf den Titel, wenn sie so weitermachten wie bisher. Der Schülerrat steckte mitten in den Vorbereitungen für Faschingsball und Jahresfeier und auch die Frühjahrsaufführung der Tanzschule stand vor der Tür.

Und dann war da noch das Snowboard. Im letzten Winter war sie zum ersten Mal gefahren und hatte richtig Feuer gefangen. Es war unbeschreiblich, den Hang mit tausend Sachen runterzubrettern, den eiskalten Wind im Gesicht und dieses Flattern im Bauch.

Außerdem fuhren sooooo süße Jungs Snowboard ...

Es war total unmöglich, mit derselben Lust über den muffigen Dänischbüchern oder einem alten Geschichtsschinken zu hocken. Meistens kam Anna erst zum Abendessen nach Hause, musste danach aber gleich wieder los, in die Schule oder zum Training. Normalerweise war sie abends nicht vor zehn oder elf Uhr zurück und dann so müde, dass sie sich nur noch mit dem Laptop ins Bett legte und über Facebook einschlief.

Ihre Eltern dachten, dass sie in der Schule lernen würde, doch das war unrealistisch. Das war die einzige Zeit, die ihr blieb, um mit ihren Freundinnen abzuhängen, und manchmal tagte sogar der Schülerrat während der Mittagszeit oder in den Pausen.

All das erzählte Anna dem Mädchen, während sie gemeinsam nach Hause liefen. Das Mädchen starrte sie die ganze Zeit über an, sein Blick war ... beinahe gierig. Es sagte »mhm« und »ja genau« an den passenden Stellen und schien mit großer Lust zuzuhören.

»Tja, so sieht es aus«, sagte Anna schließlich. »Und ich habe keine Ahnung, wie ich das alles hinkriegen soll. Aber ich weiß auch, dass das noch in einem Desaster enden wird, wenn ich nicht irgendetwas unternehme. Die Frage ist nur, was.«

Das Mädchen stellte sich Anna in den Weg, nahm sie bei den Schultern und sah ihr tief in die Augen. Schon wieder hatte Anna dieses Schwindelgefühl. In ihrem Bauch fühlte es sich an, als stürzte sie im freien Fall in die Tiefe.

schneller

schneller

schneller

»Ich kann dir helfen, wenn du willst«, sagte das Mädchen.

2

Verdutzt sah Anna das Mädchen an, das ihr schon wieder seltsam bekannt vorkam, geradezu unangenehm bekannt.

»Wie meinst du das?«

»Ich habe eine Lösung für dein Problem. Ich kann dir helfen.«

»Aber ... wie? Willst du etwa für mich lernen?« Anna schnaubte verächtlich.

»Ja, genau.« Das Mädchen durchbohrte Anna mit seinem Blick, ein Grinsen huschte über seine Lippen. »Das ist es doch, was dir nicht in den Kram passt, oder? Das, wofür du am wenigsten Zeit opfern willst.«

»Ja, schon, aber ... wie soll das gehen?« Anna fand den Vorschlag zwar verlockend, vor allem aber bescheuert. Sie verdrehte die Augen und schnaubte noch einmal.

»Sieh mich an!«

Anna hob den Blick und erstarrte. Der Schreck fuhr ihr wie eine Faust in die Magengrube. Wo vorhin noch das Mädchen gestanden hatte, stand nun ...

Sie selbst!

Anna wurde schwarz vor Augen, sie wankte und wäre um ein Haar gestürzt.

»Wa... was ... wie ... wer bist du?«

Im Nachhinein wusste Anna, dass *»Was bist du?«* die richtige Frage gewesen wäre. Hinterher ist man immer schlauer.

»Ist das nicht genial?« Das Mädchen strahlte sie an. »So wirst du alles los, was dich nervt, und kannst dich ganz auf das konzentrieren, was Spaß macht. Um den Rest kümmere ich mich.«

Anna sah sich um. Sie hoffte beinahe, die Scherzkekse Kristófer und Ragnar würden aus ihrem Versteck springen und lauthals losprusten. Solche Aktionen hatten die sich schon öfter erlaubt.

»Soll das ein Witz sein? Hat dir jemand den Auftrag gegeben, mir diesen ganzen Quatsch zu erzählen?«

»Ein Witz?«

Das Mädchen kam näher und starrte sie an. Sie hatte dasselbe dunkelblonde Haar, dieselben braunen Augen, dieselbe Nase, dieselben Lippen, ja sogar denselben beschissenen Pickel auf der Stirn, über den sie sich heute Morgen beim Blick in den Spiegel so aufgeregt hatte. Das Mädchen trug sogar dieselben Klamotten wie sie selbst: Jeans, Kapuzenpulli und eine Windjacke. Anna starrte zurück. Es war, als blickte sie in einen Spiegel, der plötzlich mitten auf dem Bürgersteig aufgetaucht war.

Es gab keinen Zweifel: Das dort war sie.

»... aber wie? Das merken doch alle, wenn ich an zwei Orten gleichzeitig bin.«

Das Mädchen blieb erst stehen, als es ganz dicht vor Anna stand, so nah, dass Anna seinen warmen Atem auf den Lippen spürte.

Sie hatte das Gefühl, etwas Verdorbenes zu riechen. Wie wenn Milch zu lange auf dem Tisch gestanden hat und sauer und flockig geworden ist, gemischt mit dem Geruch von Magen-Darm-Grippe. *So ein übler Mundgeruch,* dachte sie, doch da verpuffte der Gestank und das Mädchen begann zu sprechen.

»Nein, das glaube ich nicht. Reden deine Eltern viel mit deinen Freundinnen? Werden sie nicht einfach nur glücklich sein, dass du ständig in deinem Zimmer sitzt und lernst? Und deine Freundinnen sind zufrieden, wenn du zum Training kommst und mit ihnen abhängst, oder? Wir passen auf, dass wir nie gleichzeitig am selben Ort sind, dass immer eine von uns zu Hause und die andere unterwegs ist.«

Anna fand die Idee immer noch ziemlich absurd, aber gleichzeitig auch wirklich verlockend. Keine Gewissensbisse mehr, weil man schon wieder keine Hausaufgaben gemacht hatte. Nur das tun, was Spaß macht, ohne sich wegen Prüfungen und Arbeiten und Aufsätzen Gedanken zu machen!

»Okay. Aber warum solltest du das tun? Macht dir lernen so viel Spaß oder was?«, fragte Anna mit verächtlichem Ton.

»Ganz so einfach ist das nicht. Ich muss natürlich auch etwas dafür kriegen. Ich würde einen Vertrag mit dir schließen.«

So etwas musste ja kommen!

Jetzt gefiel Anna die Sache wieder weniger. Das Mädchen wollte sicher einen Haufen Geld dafür haben. Niemand erklärt sich dazu bereit, die langweiligsten Aufgaben der Welt zu übernehmen, ohne einen Lohn dafür zu fordern.

Andererseits ... vielleicht wollte es ja auch irgendetwas haben, das Anna besaß. Um die nervigen Schularbeiten loszuwerden, würde sie so manches geben.

»Was für einen Vertrag? Was muss ich tun?«

»Tun und auch nicht tun. Es geht mehr darum, was du zu opfern bereit bist und wie viel du aufs Spiel setzen willst. Ich übernehme alles, was du zu Hause für die Schule tun musst. Deine einzige Aufgabe wäre es, zum Unterricht zu gehen und ansonsten deine Hobbys und das Leben zu genießen. Einmal in der Woche treffen wir uns und du bekommst die Chance, meinen Namen zu erraten. Gelingt es dir, musst du überhaupt nichts für meine Hilfe zahlen.«

An diesem Punkt hörte Anna auf zuzuhören. Das Mädchen nahm sie ganz eindeutig auf den Arm. Glaubte es wirklich, Anna sei so dumm, das Märchen vom Rumpelstilzchen nicht wiederzuerkennen? Sie fiel dem Mädchen ins Wort:

»... ach komm, jetzt hör auf mit dem Quatsch. Im Ernst: Wer hat dich dazu angestiftet, mich so zu verarschen?«

»Nein! Wieso? Ich verarsche dich nicht. Du hast ja wohl gemerkt, dass ich kein gewöhnliches Mädchen bin, oder? Wie viele kennst du, die sich in deine Doppelgängerin verwandeln können?«

Das stimmte natürlich. Aber es blieb trotzdem alles vollkommen absurd.

Sie waren langsam weitergegangen und hatten

fast den ganzen Weg von der Schule bis zu Annas Zuhause geschafft. In der Einfahrt stand kein Auto. Perfekt!

»Um zurück zu den Bedingungen zu kommen …« Das Mädchen packte Anna und drehte sie zu sich herum. »Wenn du meinen Namen bis zur Zeugnisausgabe im Frühling errätst, verschwinde ich aus deinem Leben, als hätte es mich nie gegeben. Errätst du meinen Namen *nicht,* verschwindest *du* aus *meinem* Leben, als hätte es *dich* nie gegeben. Dann trete ich an deine Stelle und übernehme dein Leben.«

Anna dachte hochkonzentriert nach. Auf einmal wurde ihr bewusst, dass sie die Oberhand hatte. Das Mädchen – oder sollte sie lieber *Rumpelstilzchen* sagen – wusste offenbar nicht, dass Anna das alte Märchen und damit auch seinen Namen kannte. Sie würde das Spiel einfach mitspielen, *Rumpelstilzchen* bis zum Frühling ihre Drecksarbeit machen lassen, so tun, als würde sie ins Blaue hinein Namen raten, um ihm am letzten Tag »RUMPELSTILZCHEN!« entgegenzuschreien und es für alle Zeiten los zu sein.

Unglaublich, dass das Märchen wirklich wahr war, und noch unglaublicher, dass das alberne Männchen es immer noch auf die alte Masche versuchte. Anna lachte innerlich. Dass sie wirklich hier stand und mit einem Märchenwesen sprach, das aussah wie sie selbst, und dass sie tatsächlich überlegte, mit ihm einen Vertrag zu schließen!

»Okay. Einverstanden. Deinen Namen werde ich in der Zeit schon rauskriegen. Das kann ja nicht so schwer sein.«

Das *Mädchen* streckte ihr die Hand entgegen.

Anna zögerte kurz, dann schlug sie ein. Sie starrten sich in die Augen.

Dasselbe verschlagene Grinsen huschte über die Lippen beider Mädchen.

3

So hatte das alles angefangen. Noch am selben Tag war das *Mädchen* mit zu Anna nach Hause gekommen und hatte sich zum Lernen in ihr Zimmer verkrochen. Anna ging auf die Dämmerhöhe und stand bis spätabends auf dem Snowboard.

Erst als sie sich auf den Heimweg machte, wurde sie nervös. Was, wenn ihre Eltern mitbekamen, wie sie tauschten?

Anna schaffte es ungesehen in die Garage, wo sie Snowboard und Schuhe abstellte und ihre nassen Sachen hinter die Tür hängte. Dann schlich sie sich in die Waschküche, durch die Küche – ließ aus der Obstschale eine Banane mitgehen, um bis zum nächsten Morgen zu überleben – und dann in die große Diele, von wo aus man überallhin gelangte. Als sie am Wohnzimmer vorbeihuschte, hielt sie kurz den Atem an, doch sie kam unbemerkt vorbei und in den Flur, von dem die

Schlafzimmer abgingen. Schnell ging sie an den Zimmern ihrer Eltern und ihres Bruders vorbei bis zu ihrem eigenen.

Sie hörte, dass ihre Eltern sich wie an den meisten Abenden beim Fernsehen unterhielten – alles wirkte ruhig und friedlich.

Auf ihrem Weg durchs Haus war Anna die ganze Zeit über so angespannt und nervös gewesen, dass sie an nichts anderes mehr hatte denken können, als so leise wie möglich zu sein. Doch als sie endlich vor ihrer Zimmertür stand, spürte sie plötzlich noch eine ganz andere Spannung.

Ihr Herz pochte wie verrückt und sie hatte Angst, die Tür zu öffnen. Was würde sie in ihrem Zimmer erwarten?

Anna nahm all ihren Mut zusammen und fasste an den Türknauf. Er glitt ihr durch die Finger, so verschwitzt war ihre Hand. Dann bekam sie ihn zu packen und drehte ihn herum.

Vorsichtig drückte sie die Tür einen Spalt auf. Sie quietschte ein wenig. Das musste sie dringend in Ordnung bringen, bevor es ihnen noch zum Verhängnis wurde.

Drinnen war es dunkel, nichts zu sehen.

»Anna?«, rief die Mutter.

Anna zuckte zusammen und brachte kein Wort

heraus. Würde sie gleich am ersten Abend auffliegen?

»Jaaaaa, Mama ...« Fieberhaft durchforstete sie ihr Gehirn nach einer plausiblen Erklärung. »Ich habe mir bloß die Zähne geputzt. Ich glaube, ich gehe jetzt schlafen.«

»Ach, ich dachte, du hättest dir schon längst die Zähne geputzt und dich hingelegt?«

»Nee, ich wollte doch noch ...« Jetzt musste sie schnell denken – was sollte sie sagen? »Ich wollte doch noch ein bisschen Geschichte machen, bevor ich schlafen gehe.« Puh, hoffentlich passte das zu dem, was das Mädchen gesagt hatte.

»Ich werd nicht mehr! Sicher, dass alles in Ordnung ist? Ist was passiert?«

»Nein, nein, Mama, ich muss mich halt echt reinhängen, es ist nicht mehr lang bis zu den Prüfungen.«

»Alles klar, mein Schatz, dann schlaf gut.«

Anna schlüpfte durch den Spalt ins Zimmer und schloss hinter sich die Tür. Ihr Herz pochte wie wild und um ein Haar wäre sie vor Erleichterung auf den Boden gesunken. Sie sah sich um. Alles war genau wie sonst, nur dass auf dem Schreibtisch Schulbücher, ein Mäppchen und Ordner lagen.

Dann sah sie das *Mädchen.* Es lag in ihrem Bett und schien zu schlafen. Anna trat an das Bett heran und streckte die Hand aus, um es wach zu rütteln.

»Äääähmmm ...«

Wie sollte sie es eigentlich nennen? *Rumpelstilzchen* wohl kaum, das würde alles kaputt machen.

»Hey ... äääähmmm ... Mädchen?«

Anna legte die Hand auf den Hügel unter der Bettdecke und drückte ihn sanft.

Das *Mädchen* schoss so schnell hoch, dass Anna vor Schreck beinahe laut geschrien hätte. Für den Bruchteil einer Sekunde hatte sie das Gefühl, nicht ihr Spiegelbild, sondern etwas völlig anderes zu sehen.

Etwas, das ihr Gehirn nicht erfassen konnte.

Etwas, das so weit von dem entfernt war, was ihre Augen normalerweise sahen, dass sie es nicht fertigbrachten, das richtige Signal ans Gehirn zu schicken, sondern stattdessen nur Bruchstücke registriert wurden.

messerscharfe Zähne pelzige Spinne Blutflecken Kälte Bosheit

Doch dann verschwand es genauso schnell, wie es aufgetaucht war. Im Bett saß das *Mädchen* und lächelte mit verschwörerischem Blick.

»Hat doch geklappt wie am Schnürchen. Deine Eltern und dein Bruder ahnen nichts. Das war jetzt fast zu einfach.« Es lachte leise. »Du hast gelernt, als sie nach Hause kamen. Hast kurz beim Abendessen vorbeigeschaut und bist dann wieder lernen gegangen. Die beiden waren so zufrieden, dass sie sich bloß angeguckt und wie blöd gegrinst haben. Eins a!«

Das *Mädchen* zeigte Anna die Hausaufgaben, die es an diesem Abend gemacht hatte: einen ganzen Haufen von dem, was Anna in den letzten Wochen liegen gelassen hatte, und alles, was sie am nächsten Tag abgeben musste.

Sie besprachen kurz, was beim Abendbrot alles Thema gewesen war, damit Anna beim Frühstück nicht völlig dumm aus der Wäsche gucken würde. Dann beschlossen sie, dass zukünftig das Licht in ihrem Zimmer ausgeschaltet sein würde, wenn die Luft rein war und Anna kommen konnte. Sollte es brennen, hieß es, dass sie warten musste.

Das klappte in den nächsten Tagen dann auch reibungslos, abgesehen davon, dass die Nachbarshündin Píla unruhig wurde und sich seltsam verhielt, wenn der Wechsel anstand. Obwohl Anna große Hunde normalerweise nicht so gern mochte, hatte sie ein gutes Verhältnis zu Píla, wahrscheinlich weil sie sich kannten, seit Píla ein Welpe gewesen war. Anna war manchmal mit ihr spazieren gegangen, doch ihr letzter gemeinsamer Ausflug lag schon lange zurück.

Píla war meist im Wintergarten der Nachbarn, der am Gebüsch zwischen den beiden Häusern lag. Kam Anna abends nach Hause, musste sie durch die Garagentür gehen, die zum Nachbargarten zeigte, und war daher vom Wintergarten aus gut zu sehen. Píla war immer ganz aufgeregt und freute sich, wenn Anna kam. Manchmal machte sie sogar Freudensprünge, drehte sich um die eigene Achse und bellte überschwänglich. Zum Glück schaffte Anna es immer, sie mit einem »sch, sch« schnell wieder ruhig zu kriegen, sodass niemand etwas merkte.

Wenn das *Mädchen* herauskam, verhielt sich die Hündin völlig anders. Píla klemmte den Schwanz zwischen die Beine und wich winselnd so weit zurück, wie sie konnte.

Dem *Mädchen* ging Pílas Verhalten furchtbar auf die Nerven.

Am ersten Abend beobachtete Anna, wie es aus der Garage kam, direkt am Gebüsch zwischen den Häusern Sóltún 14 und 16.

Píla sprang freudig bellend an der Glasscheibe im Wintergarten hoch, doch plötzlich erstarrte sie, legte den Kopf auf die Vorderbeine und gab das jämmerlichste Winseln von sich, das Anna je gehört hatte.

Es war, als würde sie weinen.

4

Als Anna sich all das noch einmal in Erinnerung rief, musste sie zugeben, dass sie es zu weit getrieben hatte. Sie hatte nicht nur ihre Eltern, Lehrer und Freunde betrogen, sondern auch sich selbst.

Dass sie wirklich geglaubt hatte, damit durchzukommen, ohne jemanden zu verletzen! Und wenn es nur das gewesen wäre – jemanden zu kränken oder vor den Kopf zu stoßen –, das war ja noch erträglich. Es wäre auch gut gewesen, wenn sie aufgeflogen und bestraft worden wäre. Alles war besser als die Situation, in der sie jetzt steckte.

Ihr Leben war aber auch einfach zu schön gewesen. Anna hatte genau das machen können, was sie wollte, und eigentlich auch, wann sie wollte. Sich das Gemecker der Lehrer und die Sorgen ihrer Eltern nicht mehr anhören zu müssen und gleichzeitig alles mitzunehmen, was Spaß machte, war einfach nur großartig gewesen.

In der Schule hatte Anna immer alle Hausaufgaben parat. Hatte alle Arbeiten, Aufsätze und Präsentationen zur rechten Zeit fertig und die Arbeitshefte ausgefüllt. Hin und wieder war sie in Schwierigkeiten geraten, weil sie selbst sich gar nicht damit beschäftigt hatte und überhaupt nicht wusste, was in ihren eigenen Arbeiten stand. Doch meist schaffte sie es irgendwie, ihren Kopf zu retten.

Sie hätte sofort Schluss machen sollen, als die ersten Zweifel kamen. Sofort als ihr bewusst wurde, dass das *Mädchen* einen immer größeren Teil ihres Lebens übernahm, dass sie selbst mehr und mehr eine Nebenrolle spielte und das *Mädchen* die Hauptrolle.

Ein ungutes Gefühl hatte Anna zum ersten Mal, als die nächste Klassenarbeit näher rückte. Als ihr klar wurde, dass sie die Arbeit beim besten Willen nicht selbst schreiben konnte, wenn sie nicht durchrasseln wollte. Bei der Prüfung so grottenschlecht abzuschneiden, wäre schon seltsam gewesen, wo sie doch angeblich immer zu Hause saß und lernte und sie auch sonst in letzter Zeit immer gute Noten bekam.

Daher hatte Anna keine andere Möglichkeit gesehen, als das *Mädchen* zu bitten, für sie zur Prüfung zu gehen.

Das *Mädchen* war sofort einverstanden gewesen, hatte vielleicht sogar etwas zu freudig reagiert. Wer freut sich schon ein Loch in den Bauch, wenn er eine Prüfung vor sich hat?

Auch an jenem Abend, als das *Mädchen* bei Annas Rückkehr nicht wie abgemacht im Zimmer war, hätte sie auf ihre zweifelnde innere Stimme hören sollen. Als sie sich zum Wohnzimmer schlich, hatte sie das *Mädchen* auf dem Sofa liegen sehen. Den Kopf hatte es im Schoß der Mutter, die ihm übers Haar strich und so glücklich und zufrieden wirkte.

Oder als sie einmal durchs Fenster geklettert kam und das *Mädchen* auf ihrem Bett lag und ihr Tagebuch las!

»Ich muss alles über dich wissen, damit ich dich auch wirklich überzeugend spielen kann«, hatte es sich gerechtfertigt, mit diesem unerträglichen Grinsen auf den Lippen.

Anna hatte dem nicht widersprechen können.

Die meisten ihrer Klassenkameraden schienen keine Veränderung wahrzunehmen und auch die Lehrer merkten nichts. Sie waren bloß zufrieden, dass Anna die Schule endlich ernst nahm.

Immer häufiger hatte Anna das *Mädchen* bitten müssen, an ihrer Stelle zum Unterricht zu gehen. Zu Beginn, weil sie so viel Zeit wie möglich auf dem Hügel verbringen wollte. Doch dann merkte sie bald, dass es gar nichts brachte, völlig unvorbereitet im Unterricht zu sitzen. Sie hoffte bloß, dass das *Mädchen* sich zurechtfand und nirgendwo auffiel. Dafür war es zugegebenermaßen wirklich sinnvoll, das Tagebuch zu lesen.

Annas Eltern waren überglücklich und lobten sie in den höchsten Tönen. Nur ihr kleiner Bruder Egill wirkte unzufrieden. Er benahm sich in ihrer Gegenwart auf einmal komisch und kam morgens nicht mehr in ihr Bett gekrochen, mit einem Buch, aus dem sie ihm vorlesen sollte. Anna wollte das *Mädchen* immer fragen, ob etwas vorgefallen war. Doch sie hatte so viele andere Dinge im Kopf, dass sie es immer wieder vergaß.

Anfangs waren vor allem ihre beiden besten Freundinnen sehr zufrieden. Margrét und Vigdís hatten nicht so viele Freizeitverpflichtungen wie Anna und fanden es natürlich toll, dass sie auf einmal viel mehr Zeit mit ihnen verbringen konnte. Margrét hatte wohl manchmal das Gefühl gehabt, dass Anna sich merkwürdig verhielt und irgendetwas an ihr anders war. Doch Anna konnte sich immer leicht herausreden und Margréts Zweifel einfach weglachen.

Anna, Margrét und Vigdís waren schon seit Kindergartentagen befreundet, und obwohl es immer heißt, dass Freundschaften zu dritt nicht funktionieren, gab es bei ihnen nie Schwierigkeiten: Keine von ihnen wurde ausgeschlossen und es war auch niemand böse, wenn mal zwei etwas zusammen unternahmen, während die dritte anderes zu tun hatte. Sie waren *drei* beste Freundinnen, Punkt. Anna bekam manchmal mit, dass man sie Dreigespann nannte, und irgendwie freute sie das. Vigdís war eher ruhig, aber lustig und clever, und auch dass sie ein Jahr älter war, störte nicht. Margrét war genauso alt wie Anna und ging mit ihr zum Handballtraining. Ab und zu kam noch Vigdís' Klassenkameradin Ingibjörg dazu. Auch sie spielte Handball, aber da sie ein Jahr älter war, trainierte sie in einer anderen Gruppe. Die Freundinnen hatten sich angewöhnt, jeden ersten Freitag im Monat zusammen ins Café zu gehen. Um bei einem Becher Kakao und irgendetwas Leckerem zu quatschen und »die Lage zu besprechen«, wie sie es nannten.

Jetzt hatte Anna ihren Freundinnen zum allerersten Mal nicht die Wahrheit gesagt. Irgendwie brachte sie es nicht fertig, ihnen zu beichten, dass sie nicht nur die Leute in der Schule an der Nase herumführte, sondern überhaupt alle Menschen um sich herum belog. Sie hätte ihnen nicht mehr in die Augen schauen können, wenn sie davon gewusst hätten. In ein paar Wochen würde der Spuk ohnehin vorbei sein – keiner musste etwas davon erfahren.

So hatte Anna alle Alarmglocken ignoriert und es genossen, sich den ganzen Tag und an den meisten Abenden zu vergnügen.

Der Januar ging zu Ende, es wurde Februar und Anna verbrachte immer weniger Zeit mit ihren Eltern und ihrem Bruder, mit Margrét und Vigdís, weil sie die meiste Zeit auf dem Hügel war bei den anderen Snowboardern. Die hatten sie mit offenen Armen empfangen, allen voran Magni, der ihr unermüdlich zeigte, wie man am geschicktesten mit dem Board umging. Nicht zuletzt seinetwegen wollte Anna so oft und so lange wie möglich auf der Dämmerhöhe sein. Er wohnte im Nachbarviertel und ging dort zur Schule. In die zehnte Klasse ...

Obwohl Anna für ihn offenbar mehr wie eine

kleine Schwester war, hatte sie Schmetterlinge im Bauch, wenn sie ihn sah, und bekam weiche Knie, wenn er zurückguckte.

Schließlich bat sie das *Mädchen* sogar, für sie zum Handballtraining und manchmal auch zum Tanzen zu gehen, um noch mehr Zeit in Magnis Nähe verbringen zu können.

Erst als Vigdís kurz vor Beginn der Winterferien anrief und Anna bewusst wurde, dass sie schon seit fast einer Woche nicht mehr gesprochen hatten, kam sie ins Grübeln. Sie beschloss, in ihrer Freizeit wieder mehr Zeit mit den Menschen zu verbringen, die ihr wirklich wichtig waren. Zumal Magni verreisen und eine Woche lang im Ausland sein würde.

Also ließ sie das Snowboard in der Garage, um stattdessen endlich mal wieder ihre Freundinnen zu treffen. Pétur, der Handballtrainer, hatte im Hinblick auf das nächste Turnier einige zusätzliche Trainingseinheiten angesetzt und Tanzlehrerin Berglind hatte einen straffen Plan für die Frühjahrsaufführung festgesteckt. Genau der richtige Zeitpunkt also, um sich wieder mehr auf diese Dinge zu konzentrieren, statt so viel Zeit auf dem Hügel zu vergeuden.

Anna sagte dem *Mädchen*, dass es von nun an

nur noch abends kommen und die Hausaufgaben machen solle, sie sich um alles andere aber selbst kümmern würde.

5

Das erste Zusatztraining der Handballmannschaft fand am ersten Ferientag statt, einem Montagmorgen um 10 Uhr. Nicht gerade Annas Lieblingszeit: Um ein Haar hätte sie verschlafen. Als sie gerade noch pünktlich zum Aufwärmen in der Sporthalle erschien, wurde sie von allen fröhlich begrüßt, nur Margrét würdigte sie keines Blickes.

Was hat sie?, fragte sich Anna, dachte dann aber im Eifer des Gefechts nicht weiter darüber nach. Dass sie die letzten Trainingsstunden geschwänzt hatte, merkte sie deutlich: Ihre Ausdauer war nicht mehr dieselbe; schon nach wenigen Minuten war sie schweißgebadet und völlig aus der Puste.

Auch Pétur sprach sie an und fragte, ob sie sich krank fühle, sie sei so anders als sonst. In letzter Zeit sei sie doch so gut in Form gewesen.

Anna schluckte, schüttelte dann aber den Kopf.

Als Pétur die Mannschaft aufstellte und Anna sich im Tor bereit machte, rief er ihr zu: »Anna, denk an die neue Abwehrformation, die wir trainiert haben. Die uns im letzten Übungsspiel den Sieg gebracht hat!«

Anna hatte natürlich keine Ahnung, wovon er sprach. Sie guckte die anderen Spielerinnen an, suchte Margréts Blick – vergeblich. Sie versuchte, dem Abwehrmanöver zu folgen, wusste aber die Zeichen ihrer Mitspielerinnen nicht zu deuten und schaffte es daher nicht rechtzeitig an die richtige Stelle im Tor.

Das Spiel lief nicht gut.

Pétur war wütend und entließ Anna mit den Worten, dass sie zum nächsten Training ihren Kopf einschalten solle, sonst könne sie gleich zu Hause bleiben. Auch die anderen Mädchen waren total sauer. In der Umkleide fielen sie über Anna her und fragten, was zum Teufel denn los sei. Ob sie alles vergessen hätte, was sie in den letzten Wochen trainiert und erarbeitet hatten?

Margrét sagte kein Wort, guckte sie nur seltsam an und ging, noch bevor es eine Gelegenheit gab, mit ihr zu reden.

Anna war nur noch ein Häufchen Elend.

Als sie auf dem Heimweg überlegte, was sie tun sollte, kam sie zu dem Schluss, dass ihr nichts anderes übrig blieb, als das *Mädchen* zu den letzten Trainingseinheiten und auch zum Turnier zu schicken. Eine schreckliche Vorstellung, doch ihre Mannschaft hatte bei den letzten Spielen immer den ersten oder zweiten Platz geholt und gute Chancen auf den isländischen Meistertitel, wenn sie so weitermachten wie bisher. Unter keinen Umständen wollte sie schuld sein, falls das nicht klappen sollte.

Bei der Tanzstunde später am Tag lief es kaum besser. Lehrerin Berglind hatte beschlossen, die Aufstellung der Tänzer umzuschmeißen: Anna sollte nun an der Spitze tanzen und die anderen sich an ihr orientieren.

Sie sollte die Haupttänzerin sein, der Mittelpunkt, der Star. Und konnte es nicht genießen, weil sie die Choreografie nicht beherrschte. Sie machte ihre Sache offenbar nicht so gut wie das *Mädchen,* denn Berglind sprach enttäuscht von »Fehler«, »Pleite« und »Fiasko«.

Als Anna an diesem Abend ihre Doppelgängerin traf, war sie stinksauer. Warum hatte das *Mädchen* sie nicht gewarnt?

Doch das setzte bloß sein gerissenes Grinsen

auf, das Anna fast wahnsinnig machte, und zuckte mit den Achseln.

»Du hattest genug mit deinem Kram zu tun und für mich ist das eine tolle Übung für die Zeit, wenn ich dein Leben endgültig übernehme.«

Es beugte sich zu Anna vor und flüsterte: »Ich glaube, alle sind froh, wenn ich endlich ganz du bin.«

Dann lachte es laut.

Anna ballte vor Wut die Fäuste, wusste aber, dass sie nichts machen konnte. In Zukunft musste sie einfach besser abwägen, welche Aufgaben sie dem *Mädchen* übertrug.

Wenigstens hatte sie noch ihre Eltern und Freundinnen ...

In den nächsten Tagen wollte sie sich ganz auf ihre Familie konzentrieren und mal wieder etwas Schönes mit ihren Mädels unternehmen.

6

Als Anna gegen Mittag aufwachte, war ihre Mutter zu Hause. Sie hatte beschlossen, sich um die Winterferien herum ein bisschen Urlaub zu nehmen und auch Egill kindergartenfrei zu geben.

»Dann können auch wir mal was Schönes zusammen machen«, sagte sie zu Anna und lächelte. »Sollen wir was backen? Oder uns einen Film ausleihen? Wir müssen auch noch die letzte Folge *Desperate Housewives* gucken. Was meinst du, sollen wir uns heute einen gemütlichen Abend machen?«

Anna hob erstaunt die Augenbrauen. Eigentlich waren sie nicht so ein Mutter-Tochter-Gespann, das sich »gemütliche Abende« machte oder zusammen etwas backte. Anna war sich nicht sicher, ob sie wirklich Lust dazu hatte, stimmte aber trotzdem zu. Sie vermisste ihre Mutter und wollte gern etwas Zeit mit ihr verbringen.

Doch der weitere Tag entwickelte sich zu einem absoluten Desaster.

Ihre Mutter riss in einem fort Witze und spielte auf Dinge an, die sie und Anna besprochen oder gemacht hatten, von denen Anna überhaupt nichts wusste.

Es endete damit, dass die Mutter ihre vermeintlich schlecht gelaunte, zickige Tochter auf ihr Zimmer schickte, damit sie sich »beruhigte«.

Anna stürmte mit Tränen in den Augen und einem Kloß im Hals aus der Küche. Wie hatte sie es nur geschafft, derart die Kontrolle über alles zu verlieren? Sogar ihre Mutter wollte lieber das Mädchen um sich haben als ihre eigene Tochter!

Anna warf sich aufs Bett und weinte wütend in ihr Kissen.

Dann beschloss sie, Margrét anzurufen. Mit Margrét zu reden, tat immer gut. Sie hatte immer gute Ideen und war so vernünftig. Irgendwie gelang es ihr immer, Anna zu beruhigen, wenn es ihr schlecht ging.

Aber heute war Margrét kurz angebunden: »Ach, du sprichst also wieder mit mir?«

»Was ...?«

»Nach deinem Herumgezicke neulich habe ich nicht damit gerechnet, noch mal von dir zu hören. Und ehrlich gesagt, bin ich immer noch total wütend auf dich.«

Anna wusste nicht, was sie sagen sollte. In ihrem Kopf drehte sich alles und ihr Bauch zog sich schmerzhaft zusammen.

»Aber … es tut mir leid, Margrét.«

Sie konnte kaum sprechen, ohne schon wieder in Tränen auszubrechen. Ihr ganzer Körper zitterte vor unterdrückten Schluchzern. Was war bloß los?

»Es tut mir leid, Margrét. Es tut mir so leid.«

Damit hatte Margrét offenbar nicht gerechnet. »Jaaa … ich dachte … du hast doch gesagt …« Sie zögerte. Dann sagte sie: »Du hast gesagt, dass du nie wieder mit mir reden willst. Du hast mich blöde Kuh genannt und Dinge gesagt, von denen du wusstest, dass sie mich verletzen. Als du dann auch noch unsere ganzen Geheimnisse vor der versammelten Mannschaft ausgeplaudert hast, hat es mir wirklich gereicht. Ich hätte nicht gedacht, dass du noch mal ein Wort mit mir wechselst.« Margrét holte tief Luft, »… und um ehrlich zu sein, hätte ich auch nicht gedacht, dass ich noch mal Lust habe, mit dir zu reden. Du hast echt fiese Sachen zu mir gesagt, Anna.«

Anna bekam kaum Luft, so sehr musste sie weinen. »Aber ich ... aber ich ... ich habe das nicht so gemeint. Ich weiß nicht, was mit mir los war. Entschuldige, liebste Margrét.«

»Ja, das frage ich mich auch: Was ist eigentlich los, Anna? Irgendetwas verschweigst du mir doch, ich weiß das!«

Anna war so weit, einfach alles zu sagen, Margrét die ganze Geschichte zu erzählen und sie zu bitten, ihr irgendwie aus der Sache herauszuhelfen. Doch es fiel ihr schwer, ihrer Freundin gegenüber einzugestehen, wie tief sie in der Klemme steckte.

Plötzlich hatte sie die Lösung.

Sie wusste, wie sie alles wieder in Ordnung bringen konnte!

»Margrét, du musst mir vertrauen. Es tut mir so leid, dass ich dich verletzt habe. Ich war nicht ich selbst.«

Anna konnte sich kaum richtig von Margrét verabschieden, so aufgeregt war sie, weil sie nun endlich wusste, was zu tun war.

»Sorry, ich muss los. Ich hab dich lieb, Margrét, und ich erkläre dir später alles. Wir sprechen morgen noch mal in Ruhe.«

7

Der Vertrag mit dem *Mädchen* sah vor, dass Anna bis zu den Prüfungen im Frühling einmal pro Woche seinen Namen raten durfte.

Jeden Sonntagabend hieß es beim Rollentausch: »Na, Anna, deinen Namen weiß ich – weißt du auch meinen?«

Am Anfang hatte Anna immer gekichert und geglaubt, dass das *Mädchen* einen Scherz mache. Es klang wirklich wie aus dem alten Märchen geklaut. Doch als sie merkte, dass es ihrem Gegenüber ernst war, spielte sie einfach mit. Sie tat so, als würde sie sich richtig anstrengen, und versuchte, so unterschiedliche Namen wie möglich vorzuschlagen – außer Rumpelstilzchen natürlich, denn das war ihr Trumpf, den sie sich bis zum entscheidenden Moment aufheben wollte.

»Heißt du vielleicht Eva, wie die erste Frau auf Erden?«

»Die erste Frau?«, schnaubte das *Mädchen.* »Oh nein, Eva heiße ich nicht.«

Und so ging es weiter: »Heißt du Hrafntinna? Ölrún? Sigríður? Oder vielleicht Anna wie ich?«

Jedes Mal schaute das *Mädchen* schadenfroh und schüttelte den Kopf. Für Anna war damit bis jetzt alles genau nach Plan gelaufen. Doch nun war ihr bewusst geworden, dass das *Mädchen* sich allen Ernstes darauf vorbereitete, ihr Leben zu übernehmen, sie zu ersetzen, ganz zu Anna zu werden. Aber was sollte dann aus ihr werden?

Zu Beginn hatte das alles wie ein Spiel gewirkt, wie ein Scherz, aber jetzt war klar: Das hier war kein Spiel, sondern abgrundtiefer Ernst. Warum hatte sie das nicht schon früher gemerkt?

Sie konnte niemand anderem die Schuld in die Schuhe schieben als sich selbst und deshalb konnte auch nur sie selbst das Ganze wieder in Ordnung bringen. Selbst wenn das bedeutete, dass sie sowohl beim Handball und Tanzen als auch in der Schule abrutschen und noch dazu weniger Zeit auf dem Snowboard verbringen würde. So wie jetzt ging es jedenfalls nicht weiter. Sie musste endlich wieder Kontrolle über ihr Leben bekommen.

Anna konnte den nächsten Sonntag kaum erwarten, obwohl sie alle Hände voll zu tun hatte.

Gleich nach den Ferien musste sie einige Arbeiten abgeben und in den meisten Fächern hatte sie vollkommen den Anschluss verloren. Daher schnappte sie sich ihre Bücher und versuchte, den Schaden wenigstens etwas zu mindern, indem sie anfing, den Stoff nachzuholen.

Das *Mädchen* war davon nicht so begeistert.

Es wurde sogar richtig böse.

Als es am Dienstagabend durchs Fenster geklettert kam und Anna konzentriert am Schreibtisch sitzen sah, vor sich die aufgeschlagenen Vokabelhefte und Schulbücher, in der einen Hand einen Bleistift, in der anderen ein Radiergummi, wurde es vor Wut dunkelrot im Gesicht.

»Was glaubst du, was du da tust!?«, fauchte das *Mädchen* und stürmte auf Anna zu.

»Ich lerne oder wonach sieht es für dich aus?«, sagte Anna mit unschuldiger Miene. Was sie sofort bereute, da das *Mädchen* förmlich durchdrehte. Es pfefferte die Bücher auf den Boden, riss Anna den Bleistift aus der Hand und zerbrach ihn in tausend Stücke.

»Das ist meine Aufgabe!« Seine Stimme klang seltsam – hohl und finster und bedrohlich. »Das haben wir so abgemacht.«

»Schon, aber ich möchte vorbereitet sein, wenn

ich alles wieder allein machen muss.« Anna tat so unschuldig und naiv wie möglich. Das *Mädchen* musste sich in Sicherheit wiegen.

»Anna, was ist denn los?« Die Mutter klopfte an die Tür, dann drehte sich langsam der Türknauf.

Annas Bauch krampfte sich vor Schreck zusammen. Was sollte sie tun?

Das *Mädchen* machte keinerlei Anstalten, sich zu bewegen, sondern sah Anna herausfordernd an. Die sprang auf und stürzte hinter die Tür, gerade noch rechtzeitig, bevor ihre Mutter die Tür einen Spalt öffnete.

»Was ist hier los?«

Das *Mädchen* warf sich Annas Mutter in die Arme.

»Ach, tut mir leid, Mama. Ich habe mich so über diese Matheaufgabe geärgert, dass mir kurz die Sicherung rausgeknallt ist. Kannst du mir vielleicht helfen?«

»Nanu, du lernst in den Ferien, Schatz? Ist das denn wirklich nötig? Aber klar, ich helfe dir.«

Die Mutter strich dem *Mädchen* übers Haar und drückte es an sich. Man hörte richtig, wie glücklich sie war. Anna musste sich hinter der Tür auf die Unterlippe beißen, um nicht hervorzustürzen und die beiden anzuschreien. Dass ihre Mutter sich freute, »ihr kleines Mädchen« wiederzuhaben, konnte sie ja verstehen, aber sie musste nun wirklich nicht so übertrieben happy tun.

Die Mutter lächelte und sagte: »Komm, wir setzen uns damit ins Esszimmer, da haben wir mehr Platz.« Sie ging voraus und das *Mädchen* sammelte Bücher und Blätter zusammen.

»Du brauchst nicht glauben, dass *du* zu ihr ins Esszimmer gehst!« Anna war stinkwütend.

»Ach ja?« Das *Mädchen* drehte sich blitzschnell um und packte Anna an den Schultern. Es sah ihr tief in die Augen und zischte: »Natürlich gehe *ich* zu ihr. Du legst dich unter die Bettdecke und wartest dort, bis es mir passt zurückzukommen. Hast du kapiert?«

Alle Kraft wich aus Annas Körper. Sie merkte, dass sie aufs Bett sank, konnte aber nichts dagegen tun.

Unfähig, sich zu bewegen, lag sie da und hörte Píla im Nachbargarten wie verrückt bellen. Es klang, als würde die Hündin sich immer wieder gegen die Glasscheiben im Wintergarten werfen.

Plötzlich wurde es Anna eiskalt.

Sie hatte das Gefühl, auf einem hohen Gipfel zu stehen, überall um sie herum klaffte der tiefe Abgrund. Der Wind tobte und zerrte an ihr, an ihren Haaren, an ihren Kleidern. Sie musste alle Kraft aufwenden, um nicht in die Leere gerissen zu werden, die sich um sie herum auftat.

Ihr war so kalt.

Sie war so machtlos.

Sie wusste: Wenn sie nachgab, würde sie verlieren. Sie wusste nicht, was genau sie verlieren würde oder wie, doch dass es nicht geschehen durfte, das wusste sie.

8

Es war acht Uhr morgens, als Anna aufwachte. Sie war völlig zerschlagen und alles andere als ausgeruht.

Sie hatte das Gefühl, seltsam geträumt zu haben, erinnerte sich aber an keine Details.

Dann fiel ihr wieder ein, was am Vorabend geschehen war. Das *Mädchen* war diesmal wirklich zu weit gegangen. Es versuchte, mit allen Mitteln zu verhindern, dass Anna ihr altes Leben zurückbekommen konnte.

Es wickelte Annas Mutter nach allen Regeln der Kunst um den kleinen Finger. Dass die beiden so gut miteinander konnten, machte Anna wirklich Sorgen. Doch das war jetzt nicht zu ändern. Vermutlich würde ihre Mutter der Pubertät die Schuld in die Schuhe schieben, wenn später wieder alles beim Alten und das *Mädchen* nicht mehr da sein würde. Niemals würde sie ihre Tochter gegen ein so falsches und böses Wesen eintauschen wollen.

Anna stand auf und beschloss, den Rest der Ferien gut zu nutzen: Sie wollte lernen, was das Zeug hielt, und sich bemühen, mit ihren Eltern möglichst gut klarzukommen.

Schnell zog sie sich an und ging in die Küche. Die Mutter saß dort mit einer Tasse Kaffee und der Zeitung, der Vater arbeitete offenbar schon.

»Guten Morgen, meine Süße! Das haben wir doch super hingekriegt gestern Abend. Wir sind ein gutes Team, oder?«

»Äääähm, ja, Mama, wir sind toll.« Anna stutzte. Ihre Mutter war selten so ... sentimental.

»Ich gehe gleich in die Bibliothek. Soll ich Egill mitnehmen?«

»Nein, Schatz, der Arme ist so schlapp heute, ich glaube, er sollte besser zu Hause bleiben. Trotzdem danke.«

»Wenn ich etwas Spannendes entdecke, leihe ich es für ihn aus.«

Anna ging zurück in ihr Zimmer, um noch ein bisschen Ordnung zu machen, bevor sie zur Bibliothek aufbrach. Sie machte ihr Bett und öffnete die Vorhänge – sie wusste, dass sie damit Pluspunkte bei ihrer Mutter sammelte.

Beim Blick aus dem Fenster dachte sie im ersten Augenblick, dass die Nachbarn aus der 16 die Scheiben ihres Wintergartens bemalt hätten, so dunkel wirkten sie. Sie war sich sicher, dass am Vorabend noch alles ganz normal ausgesehen hatte. Dann erinnerte sie sich, wie sie Píla beim Einschlafen hatte toben hören.

Anna spähte in die Morgendämmerung und versuchte herauszufinden, was bei den Nachbarn los war – vergeblich.

Also ging sie nach draußen und schlich sich in Richtung Wintergarten, der nicht mehr aus Glas zu sein schien, sondern aus irgendeinem schwarzen, zähen Material. Zwar würde die Sonne jeden Moment aufgehen, doch noch war es so dunkel, dass man kaum etwas erkennen konnte.

Ich hätte eine Taschenlampe mitnehmen sollen, dachte sie.

Als sie direkt vor dem Wintergarten stand, erstarrte sie.

Die Scheiben waren gar nicht schwarz, sondern ... rot.

Etwas Rotes war in dicken Schlieren daran heruntergeflossen.

War das ... Blut?

Wo war Píla?

Anna streckte die Hand nach der Wintergartentür aus. Die Klinke fühlte sich kalt und klebrig an.

Sie schreckte zurück.

Oh Gott, das war ja wirklich Blut!

Ganz vorsichtig drückte sie die Klinke runter und stieß langsam die Tür auf.

Drinnen war es stockdunkel. Im ersten Moment konnte Anna überhaupt nichts erkennen.

Als sie einen Schritt hineinmachte, ging das Licht an. Etwas so Schreckliches hatte sie noch nie in ihrem Leben gesehen.

Alles war voller Blut.

Der Boden war eine einzige Blutlache, die Wände und sogar die Decke mit Blutspritzern übersät.

Aus einem Blumenkübel in der Ecke ragte Pílas Kopf heraus.

Die Augen starrten ins Leere, die Zunge hing aus dem offenen Maul.

Anna schrie.

9

Die nächsten Tage vergingen und Anna fühlte sich wie in Nebel gehüllt.

Als sie nach dem schrecklichen Erlebnis im Wintergarten völlig geschockt nach Hause gerannt war, war alles ziemlich in Chaos geraten. Es hatte nicht lange gedauert, bis die Polizei eingetroffen war und den gesamten Bereich um den Wintergarten abgesperrt hatte. Den ganzen Tag lang hatte eine ganze Mannschaft Polizisten Zentimeter um Zentimeter das Gelände abgesucht – ohne Erfolg.

Der Polizei fehlte jeglicher Hinweis auf den Täter. Es gab keinerlei Spuren, denen man nachgehen konnte. Man wurde aus dieser schrecklichen Tat einfach nicht schlau.

Anna wusste genau, wer dafür verantwortlich war, doch sie wusste auch, dass sie ihr Wissen nicht der Polizei anvertrauen konnte. Dort würde man sie bloß auslachen.

Ihr blieb nichts anderes übrig, als sich in die Lernerei zu verkriechen. Also ging sie zur Bibliothek und lieh sich noch weitere Lehrbücher aus.

Das *Mädchen* schien nichts zu ahnen. Es glaubte offenbar, Annas Aufbegehren erfolgreich niedergekämpft zu haben. In den folgenden Tagen versuchte es, noch mehr Zeit mit Annas Eltern zu verbringen, und bemühte sich sehr, auch Egill endlich für sich zu gewinnen. Was nicht wirklich klappen wollte, da Egill der Einzige war, der Anna dem *Mädchen* vorzog.

Er war immer noch krank und es sah aus, als wollte er gar nicht mehr gesund werden. Die Ärzte sagten, dass er sich einen Virus eingefangen habe und die Infektion ihren üblichen Verlauf nehme, doch seinen Eltern gefiel ganz und gar nicht, wie entkräftet und schlapp er war.

Anna verbrachte viel Zeit mit ihrem Bruder, las ihm vor und sah sich mit ihm Zeichentrickfilme an. Die Ablenkung tat auch ihr gut; der Schock saß ihr immer noch tief in den Gliedern.

Als sie das *Mädchen* fragte, warum es Píla so zugerichtet habe, lachte es bloß und sagte, dass es für Píla in ihrem Leben keinen Platz gebe. »Es dauert nicht mehr lange, bis das hier *mein* Leben ist, also misch dich nicht ein.«

Anna traute sich nicht zu widersprechen. Doch sie war umso entschlossener, das *Mädchen* nicht so leicht davonkommen zu lassen. Wenn doch endlich Sonntag wäre ...

Egills Zustand verschlechterte sich zusehends. Am Freitagmorgen sah er so elend aus, dass er ins Krankenhaus gebracht wurde. Dort musste er eine ganze Reihe an Untersuchungen über sich ergehen lassen und die Ärzte fanden es sicherer, ihn auf der Isolierstation unterzubringen. Das bedeutete, niemand außer seinen Eltern durfte ihn besuchen.

Daher war Anna den ganzen Tag allein zu Hause. Sie versuchte, die Zeit gut zu nutzen. Sooft es ging, schnappte sie sich ihre Schulbücher, doch sie passte wie ein Luchs auf, dass das *Mädchen* davon nichts mitbekam.

Viel sah sie es nicht in diesen Tagen. Es kam zwar jeden Abend, um Anna zu helfen, doch die schickte es gleich wieder fort. Im Vertrag hieß es, dass das *Mädchen* helfen sollte, wenn Anna Hilfe brauchte. Im Moment brauchte sie keine.

»Macht nichts«, sagte das *Mädchen*. »Schon bald bist du nicht mehr hier, ich kann warten. Wirklich ein Jammer, wie dreckig es deinem Bruder geht ...«, fügte es mit verschlagenem Blick hinzu.

»Was willst du damit sagen? Hast du etwas damit zu tun?« Eine eisige Klaue krallte sich um Annas Herz.

»Na, was denkst du denn? Ein nerviger Rotzlöffel, der alles zerstören könnte ...«

»Wenn du Egill etwas antust, dann ...« Anna sah Píla und das Blut vor sich und wusste, dass sie vorsichtig sein musste, um das *Mädchen* nicht wütend zu machen.

»Was dann?«, fragte es grinsend.

Anna fühlte sich machtlos. Sie musste bis Sonntag durchhalten.

Dasselbe galt für Egill.

10

Es war das längste Wochenende, das Anna je erlebt hatte. Sie wagte kaum, mit jemandem zu sprechen, aus Angst, sie könnte die Aufmerksamkeit des *Mädchens* auf ihn richten. Aus Angst, dass demjenigen etwas zustoßen könnte, dass jemand krank würde oder noch Schlimmeres passierte.

Sie fürchtete sich vor Sonntag, weil sie eine Riesenangst hatte, dass ihr Plan nicht aufging. Gleichzeitig wusste sie, dass es ihre letzte Chance war.

Ihre Eltern waren so gut wie nie zu Hause. Die Mutter hatte vorgeschlagen, Annas Oma herzubitten, doch das wollte Anna nicht. Sie hatte gesagt, dass sie lernen wolle. In Wahrheit wollte sie ihre Oma keiner unnötigen Gefahr aussetzen, denn wer weiß, wie das *Mädchen* auf sie reagieren würde?

Als es endlich Sonntag wurde, war Anna fix

und fertig. Sie sah aus wie ein Gespenst, war kraftlos und niedergeschlagen. Ihr Vater erschrak richtig, als er morgens einen Blick in ihr Zimmer warf, bevor er sich auf den Weg zum Krankenhaus machte.

»Wie siehst du denn aus, Anna, du wirst uns doch nicht auch noch krank?«

»Nein, bestimmt nicht, ich habe in letzter Zeit nur schlecht geschlafen. Ich mache mir so viele Sorgen.«

»Die machen wir uns alle, Süße.« Er setzte sich zu ihr aufs Bett und strich ihr übers Haar. »Das wird schon wieder, da bin ich mir ganz sicher. Du machst das wirklich toll, dass du so ganz allein zurechtkommst. Aber du musst uns sagen, wenn es dir zu viel wird, dann finden wir jemanden, der hier bei dir sein kann.«

Anna versicherte ihrem Vater, dass alles in Ordnung und sie bloß müde sei. Er versprach, dass entweder er oder die Mutter am Abend nach Hause kommen und es eine Art Sonntagsessen geben werde, dann verabschiedete er sich.

Anna konnte den Abend kaum erwarten. Sie hoffte, dass das *Mädchen* schon früher auftauchen würde, damit sie die Sache endlich beenden und es ein für alle Mal loswerden konnte.

Ihr Wunsch ging in Erfüllung. Das *Mädchen* kam gegen Mittag und wirkte hochzufrieden mit sich und der Welt.

»Ich hatte das Gefühl, dass du mich sehen willst?«

»Ja, ich bin froh, dass du da bist. Ich möchte nicht bis heute Abend warten, sondern jetzt schon deinen Namen raten. Ist das okay?«

»Klar, das dürfte keinen Unterschied machen.« Wieder dieses unerträgliche Grinsen. »Also schön, Anna, deinen Namen weiß ich – weißt du auch meinen?«

Anna spürte ein Kribbeln, endlich war es so weit.

»Ja, ich weiß ihn!«, sagte sie siegessicher. »Du heißt RUMPELSTILZCHEN!«

Das *Mädchen* starrte sie mit aufgerissenem Mund an.

»Rumpelstilzchen? Hast du wirklich Rumpelstilzchen gesagt?«

»Ja, genau! Das habe ich gesagt, du fieser Wicht. Jetzt sollst du dein Wort halten und aus meinem Leben verschwinden, als hätte es dich nie gegeben.«

Das *Mädchen* stand noch immer mit offenem Mund da. Dann fing es an zu lachen ...

Es warf den Kopf in den Nacken und ließ sich vor Lachen auf den Boden fallen.

Anna fuhr ein eiskalter Schauer über den Rücken.

»Rumpelstilzchen ... Rumpel...stihilzchen.«

Das *Mädchen* hatte Tränen in den Augen, so sehr lachte es.

»Hast du wirklich gedacht, du wärst in einem Märchen gelandet? Rumpelstilzchen! So etwas habe ich noch nie erlebt.«

Das *Mädchen* schüttelte den Lachkrampf ab und sah Anna direkt in die Augen.

»Oh nein, ich heiße nicht Rumpelstilzchen«, schnaubte es voll Hohn.

11

Über Anna stürzte alles zusammen. Ihr Zimmer drehte sich, sie wusste nicht mehr, wo oben und wo unten war.

»Was ... aber ...«

»Was aber was?«, äffte das *Mädchen* sie nach. »Für diese Woche hast du deine Chance vertan. War sonst noch was?«

Es stand auf und ging zur Tür.

»Du hast noch jede Menge Zeit, über meinen Namen nachzudenken, bis zum Ende des Schuljahres. Beim nächsten Mal solltest du dir ein bisschen mehr Mühe beim Raten geben.«

Mit diesen Worten ging das *Mädchen.*

Anna lag wie versteinert auf ihrem Bett.

Was sollte sie tun? Was zum Teufel sollte sie jetzt tun?

Sie dämmerte vor sich hin, bis ihr Vater nach Hause kam. Er hatte etwas zu essen von den

Großeltern mitgebracht: Lammkeule mit allem, was dazugehört. Sie wärmten das Essen auf und aßen gemeinsam.

Doch es wollte keine Sonntagsstimmung aufkommen. Die Mutter und Egill fehlten.

»Ach Mensch, wir haben den Nachtisch ganz vergessen.«

»Ist schon gut, ich habe sowieso keinen Appetit. Vielleicht können wir eine richtige Party schmeißen, wenn Egill nach Hause kommt?«

»Ja, hoffen wir, dass es bald so weit ist. Ich muss dir noch etwas sagen, Anna. Sein Zustand hat sich heute wieder verschlechtert. Er war zwar ganz langsam auf dem Weg der Besserung, aber heute gab es einen Rückschlag. Die Ärzte wissen nicht mehr weiter.«

»Er muss gesund werden, Papa!«, wimmerte Anna. »Glauben sie denn, dass ... dass ... dass er sterben wird?« Anna konnte es kaum aussprechen.

Sie mochte gar nicht daran denken, dass all dies ihre Schuld war.

»Nein, sie glauben nicht, dass es so schlimm ist. Noch nicht. Aber sie wissen im Moment überhaupt nichts, vor allem, weil sie die Ursache nicht finden.«

Anna musste irgendwie den richtigen Namen herausfinden, bevor noch mehr passierte. Und sie musste in den nächsten Tagen übervorsichtig sein und aufpassen, dass weder sie noch jemand anderes dem *Mädchen* in die Quere kam. Es schien langsam die Geduld zu verlieren. Hoffentlich konnte sie sich wenigstens darauf verlassen, dass es zu seinem Wort stand und bis nach den Prüfungen die Füße still hielt.

Um es zu beruhigen und sein Misstrauen zu zerschlagen, beschloss Anna, das *Mädchen* zu bitten, nach den Ferien für sie zum Handballtraining zu gehen und auch die Geschichts- und Matheprüfung für sie zu schreiben.

In der Zwischenzeit wollte sie sich noch mehr auf die Namenssuche konzentrieren. Sie hatte zwar nicht die geringste Ahnung, wo sie danach suchen sollte, aber ihr war auch klar, dass sie den Verstand verlieren würde, wenn sie untätig blieb.

Am Donnerstag nach den Ferien blätterte sie in Nonnis Laden Zeitschriften durch. Wie immer stand Nonni höchstpersönlich an der Kasse.

Nonni war ein großer Kinderfreund. Die meisten Kinder und Jugendlichen aus Rökkurhæðir kannte er mit Namen und er war immer zu einem Plausch aufgelegt. Er war einer der wenigen Erwachsenen, die sich wirklich Zeit nahmen, den Kindern zuzuhören. Selbst in den schwierigsten Fällen wusste er meist guten Rat.

Die Erwachsenen hielten ihn für einen Sonderling, doch Nonni war aus Rökkurhæðir nicht wegzudenken und es sollte schon etwas heißen, dass er fast alle Kinder des Viertels zu seinen Freunden zählen konnte.

Wie immer ging Nonni daher auch an diesem Donnerstag auf Anna zu und fragte, was es Neues gebe und ob er ihr helfen könne.

»Hmmm«, sagte Anna, »ich suche einen Namen.«

»Einen Namen? Für wen?«

»Das weiß ich eben nicht so genau. Ich suche einen ungewöhnlichen Namen für ein ungewöhnliches ... Mädchen. Vielleicht auch einen gewöhnlichen Namen. Ach, ich weiß es nicht, Nonni.«

»Es kann schwierig sein, nach etwas zu suchen, das man selbst nicht kennt. Es gibt so unendlich viele Namen, Anna.« Nonni kratzte sich am Kopf. »Es gibt natürlich auch manches, das keinen Namen hat. Zumindest keinen Namen, den wir Menschen kennen.« Nonni warf ihr einen seltsamen Blick zu.

Anna schaute auf. »Was meinst du? Keinen Namen ...«

»Ja, manche Dinge sind so beschaffen, dass wir Menschen es nicht vermögen, sie mit einem Etikett zu versehen.«

Anna dachte über Nonnis Worte nach. War es möglich, dass das *Mädchen* sie an der Nase herumführte? Nein, sie musste darauf vertrauen, dass der Vertrag gültig war und sie die Chance hatte, es zu besiegen. Alles andere konnte und wollte sie sich nicht vorstellen.

12

Auf dem Heimweg von Nonnis Laden zerbrach Anna sich den Kopf. Es war beißend kalt. Sie verkroch sich in ihren Schal und lief niedergeschlagen nach Hause. Um nicht an der Schule vorbeizumüssen, die noch nicht aus war, bog sie in die Daggartún ein. Von der Mitte der Straße zweigte ein Gehweg ab, der quer über alle Tún-Straßen führte, bis zur Sóltún. Der Weg war eng und dunkel. Aus den Gärten rechts und links hingen Zweige und Äste herüber und ließen ihn an manchen Stellen wie einen Tunnel wirken. Heute achtete Anna jedoch kaum auf ihre Umgebung. Die Düsternis passte zu ihrer Stimmung, außerdem musste sie auf nichts achten, denn sie kannte die Gegend wie ihre Westentasche.

Unzählige Namen schossen ihr durch den Kopf und sie hatte keine Ahnung, wie sie sich für einen davon entscheiden sollte.

Kristín, Helena, Ásta, Magna, Eyrún, Úlfdís, Jónína, Heiða, Dagrún, Guðfríður, Burkney … die Liste war endlos. Sie konnte alle Sonntagabende ihres Lebens Zeit zum Raten haben und trotzdem nicht auf den richtigen Namen kommen.

Auf dem Marktplatz blieb sie kurz stehen und warf einen Blick in Richtung Turnhalle. Das letzte Training vor dem Wettkampf am Wochenende würde bald beginnen. Ohne sie.

Ihr Bruder lag todkrank in der Klinik.

Píla war tot.

Und schuld an allem war sie allein.

Es begann zu schneien. Die weißen Flocken schmolzen auf Annas Wangen und mischten sich mit ihren Tränen. Sie zog sich die Kapuze tiefer ins Gesicht und den Schal bis an die Nase, schluchzte leise und lief weiter.

Hinter ihr knirschte der Schnee, doch es dauerte einen Moment, bis ihr bewusst wurde, dass da jemand hinter ihr sein musste.

Sie drehte sich um – niemand da. Obwohl … kam dahinten nicht jemand auf sie zugestapft? Es war gar nicht so leicht, in Schneetreiben und Dunkelheit etwas zu erkennen.

Vielleicht wurde sie jetzt zu allem Übel auch noch verrückt.

Sie bibberte vor Kälte, hatte steif gefrorene Finger und nasse Füße in den Turnschuhen und wünschte sich nichts sehnlicher, als zu Hause unter die Bettdecke zu kriechen.

Da, schon wieder. Als würde jemand hinter ihr durch den Schneematsch waten. Doch als sie sich umschaute, war wieder niemand zu sehen.

Langsam bekam sie richtig Angst. Sie lief schneller, doch es hörte sich an, als würde derjenige hinter ihr auch schneller gehen.

Sie versuchte, einen Blick über die Schulter zu werfen, während sie durch das Schneetreiben eilte, und jetzt sah sie es: Es rannte wirklich jemand auf sie zu.

Ein schwarzes Etwas stürmte ihr nach.

Annas Herz pochte wie wild und sie stürzte weiter. Jedenfalls versuchte sie das, so gut es in Schnee und Matsch eben möglich war.

Die Schritte hinter ihr kamen näher.

Und näher.

Auf einmal hörte sie ein Rufen. Es klang wie »Aaaaanna«, doch durch den Schnee hört sich alles anders an, daher war sie sich nicht sicher.

Sie wimmerte. Sie konnte nicht mehr.

Dann blieb sie stehen und drehte sich um.

Aus der Dunkelheit tauchte ein Gesicht auf, das sie gut kannte.

»Anna«, stieß Margrét schnaufend und keuchend hervor. »Warum bist du denn nicht stehen geblieben?«

»Ach, ich hatte so einen Schiss, ich konnte nicht erkennen, wer das war.« Anna hielt es nicht mehr aus. Sie warf sich ihrer Freundin um den Hals und heulte los.

»Hör mal, Anna, so geht das nicht weiter. Wir gehen jetzt zu mir nach Hause und dann erzählst du mir endlich, was los ist.«

13

Obwohl Anna nicht mehr weinte, schluchzte sie immer noch, als sie an Margréts Wohnblock ankamen.

Margrét führte sie durchs Treppenhaus zu ihrer Wohnung und befahl Anna, Schuhe und Socken auszuziehen und im Badezimmer Hände und Füße unter warmem Wasser aufzuwärmen. Sie brachte ihr trockene Strümpfe, lenkte Anna in die Küche und drückte sie auf einen Stuhl.

Anna sah sich um. Sie fand es immer schön, bei Margrét zu sein. Hier war alles so gemütlich, wenn auch eher altmodisch. Margrét wohnte bei ihrem Vater, der Lehrer an der Rökkurskóli war. Ihre Mutter war vor fünf Jahren an Krebs gestorben. Das war eine schwere Zeit für Margrét gewesen. Aber auch für ihre Freundinnen, die alles getan hatten, um sie zu unterstützen und zu trösten. Das gemeinsam durchzustehen, hatte die Freundschaft gestärkt und die drei Mädchen noch mehr zusammengeschweißt. Umso schwerer fiel es Anna, nicht zu antworten, als Margrét fragte: »Okay, jetzt erzähl mir die ganze Geschichte. Was ist eigentlich los, warum bist du manchmal so anders als sonst?« Margrét öffnete und schloss Schränke, kramte in Schubladen, nahm einen Topf, goss Milch hinein und deckte den Tisch mit Bechern und Tellern. Anna achtete nicht auf sie, sondern starrte auf die Plastiktischdecke.

Konnte sie es wagen, Margrét in die Sache hineinzuziehen? Würde das ihre Freundin nicht in Gefahr bringen?

»Margrét ... ich habe dir nichts davon erzählt, weil ich Angst habe, dass es dich in Gefahr bringen könnte.«

»Mann, in was bist du da bloß reingeraten, Anna? Wäre es nicht besser, wenn du zur Polizei gehen würdest? Ich komme mit, wenn du willst.«

»Nein, ich glaube, die Polizei kann in diesem Fall nichts tun.«

»Okay ... was ist dann los? Zu zweit packen wir das. Es ist sicher einfacher, wenn wir die Sache gemeinsam klären, als wenn du es allein versuchst.«

Anna sah ihre Freundin an. In ihren braunen Augen erkannte sie Sorge und bedingungslose Zuneigung.

Da beschloss sie, ihr alles zu erzählen.

Alles.

Eine halbe Stunde später hielt Anna einen leeren Kakaobecher in den Händen, ohne sich daran zu erinnern, etwas getrunken zu haben. Sie hatte Margrét die ganze Geschichte von A bis Z erzählt und Margrét hatte zugehört, ohne ein Wort zu sagen. Anna versuchte, sich vorzustellen, wie das alles auf Margrét wirken musste – vielleicht glaubte sie ihr kein Wort.

»Ich weiß, das klingt unglaublich, aber ich schwöre, dass es wahr ist. Ich schwöre, dass das genau so passiert ist, auch wenn es wie ein völlig absurdes Märchen klingt.«

»Ich glaube dir, Anna. Du warst in letzter Zeit so komisch. Als ich dich heute in der Pause aus Nonnis Laden kommen sah, habe ich die letzte Stunde einfach geschwänzt, um dir zu folgen. Deine Geschichte kommt mir viel wahrscheinlicher vor, als dass du mich auf einmal hasst und nervig und zickig findest.«

Sie zwinkerte ihrer Freundin zu und lächelte. »Jetzt müssen wir nur rauskriegen, wie wir die

Bestie am besten zur Strecke bringen und verhindern, dass sie noch mehr Schaden anrichtet.«

Sie sahen sich in die Augen und wussten, dass das keine leichte Aufgabe werden würde.

Gemeinsam gingen sie ein paar Möglichkeiten durch, die sie aber gleich wieder verwarfen: den Eltern alles zu erzählen und sie um Hilfe zu bitten, das *Mädchen* irgendwo einzufangen, es zu fesseln und zur Polizei zu bringen oder ihm nachzuspionieren und so den Namen herauszufinden.

»Ich hab's!«, rief Margrét plötzlich. »Wir gehen mit ihm rauf zu den Ruinen und locken es in eines der Löcher dort.«

»Tja, meinst du, das könnte klappen?«

»Ja, wir müssen uns nur gut vorbereiten, den perfekten Ort finden und alles bis ins Detail planen, dann kann nichts schiefgehen.«

»Mhm ...« Margréts Plan klang zumindest besser als alles, was sie zuvor überlegt hatten. »... ja, ich glaube auch, das könnte funktionieren. Sollen wir gleich hingehen?«

Die Ruinen, die Margrét meinte, befanden sich oberhalb von Rökkurhæðir auf der Dämmerhöhe. Vor ein paar Jahrzehnten hatten dort schicke Wohnblocks gestanden, in denen ein großer

Teil der Einwohner von Rökkurhæðir gelebt hatte. Doch dann war dort etwas Unbegreifliches geschehen; was genau, wusste niemand. Einige Bewohner waren ums Leben gekommen, andere waren in der Psychiatrie gelandet und manche waren spurlos verschwunden. An einigen Stellen sahen die Häuser wie nach einem Bombenangriff aus, der Spiel- und Sportplatz wie aufgesprengt, voller Löcher und Krater.

Ein paar Monate später hatte ein Bauunternehmen mit dem Gedanken gespielt, die Häuser wieder aufzubauen und herzurichten, doch dann stellte sich heraus, dass dort niemand mehr wohnen wollte – und schon gar nicht die früheren Bewohner.

Daher lag die Siedlung jetzt schon jahrelang brach.

Es gab zwar noch einige unbeschädigte Wohnungen und es hieß, dass manche davon noch genauso aussehen würden wie an dem Tag, als ihre Bewohner sie wegen des schrecklichen Ereignisses Hals über Kopf verlassen hatten: Kleider in den Schränken, Lebensmittel im Kühlschrank, vielleicht liefen sogar noch die Fernseher. Doch da die meisten noch existierenden Wohnungen versiegelt worden waren, kam es Anna unwahrscheinlich vor, dass das wirklich mal jemand mit eigenen Augen gesehen hatte.

Den Kindern war es verboten, zu den Ruinen – »diesen furchtbaren Schreckensorten« – zu gehen, doch die meisten taten es trotzdem. Zumal es ganz einfach war, an den Barrikaden vorbeizukommen, die den Weg nach dort oben versperren sollten. Der Spiel- und Sportplatz bei den Ruinen und das Gelände darum herum waren die perfekte Kulisse für alle denkbaren Spiele und Abenteuer. Doch im Winter kam niemand hierher, da es wirklich gefährlich war, dort herumzuturnen, wenn Schnee und Eis die Löcher und Risse verdeckten und es fast den ganzen Tag über dunkel war.

Anna und Margrét überlegten hin und her. Sollten sie doch die Erwachsenen um Hilfe bitten? Doch diesen Gedanken verwarfen sie schnell wieder. Sie diskutierten auch lange, ob sie Vigdís oder Ingibjörg einweihen sollten. Vigdís hatte oft tolle Ideen und außerdem eine ziemlich kluge Oma. Schließlich gab Margrét aber zu bedenken, dass es vermutlich am vernünftigsten sei, so wenige wie möglich in die Sache hineinzuziehen. Das *Mädchen* sei offensichtlich höchst gefährlich – je weniger mit ihm in Berührung kämen, desto besser.

Der Plan war, das *Mädchen* zu den Ruinen zu locken und dafür zu sorgen, dass es in eines der Löcher oder einen der Krater stürzte und nicht mehr herauskam.

Anna schüttelte den Kopf und drückte Margrét fest an sich.

»Was bin ich froh, dass du gekommen bist. Danke, dass du mich dazu gebracht hast, alles zu erzählen. Ich war drauf und dran, völlig verrückt zu werden.«

Margrét drückte ihre Freundin zurück.

»Dass du mir nicht schon früher davon erzählt hast! Aber jetzt bringen wir die Sache ein für alle Mal zu Ende.«

14

Die Freundinnen bereiteten sich gut vor. Margrét lieh Anna die Boots von ihrem Vater. Anna brauchte zwei paar Strümpfe plus Wollsocken, um irgendwie Halt darin zu finden, und trotzdem hatte sie noch das Gefühl, wie auf Skiern zu stehen. Margrét gab ihr auch noch eine alte Winterjacke von ihrem Vater, eine Mütze und Handschuhe von ihr selbst und einen langen Schal, den sie in der vierten Klasse im Textilunterricht gestrickt hatte. Die beiden lachten sich schlapp über ihre Ausrüstung.

Anna merkte, wie gut es tat, mal wieder zu lachen. Es war so schön, jemanden zu haben, mit dem man seine Sorgen teilen, alles besprechen und auch mal ein bisschen Spaß haben konnte.

Sie schmierten sich Brote und füllten den Rest des Kakaos in eine Thermoskanne. Margrét steckte auch noch eine Taschenlampe ein. Sie hatten zwar nicht vor, sich lange bei den Ruinen aufzuhalten, aber es war kalt, es schneite und dort oben gab es keine Straßenlaternen. Daher war es besser, für alles gewappnet zu sein.

Als die Mädchen aufbrachen, war es draußen schon stockdunkel. Sie kletterten über die Barrikade und liefen mit schnellen Schritten die Straße hinauf, die sich bis zu den Ruinen den Berg hochschlängelte. Die Straße war asphaltiert und der Bürgersteig gepflastert, doch da sich schon jahrelang niemand mehr um Ausbesserungen gekümmert hatte, war der Weg in einem schlechten Zustand. Überall waren Schlaglöcher und Risse, aus denen im Sommer Gras und Löwenzahn wuchsen. Es gab zwar Laternen, doch auch die hatten bessere Zeiten gesehen: Die meisten waren verbogen und lagen quer auf der Straße. Einige wenige standen noch an ihrem alten Platz, wie alte Kommandeure, die am Ende des Kampfes über das Schlachtfeld blickten. Anna hatte sich schon oft darüber gewundert, wie schnell die Natur zurückeroberte, was ihr zufiel. In fünfzig Jahren würde man vermutlich gar nicht mehr erkennen können, dass hier einmal eine Straße gewesen war.

Dasselbe galt auch für die Ruinen. Im Inneren

des Hufeisens, das die Häuserreihen bildeten, war mal ein Park gewesen, mit Blumenbeeten und Büschen entlang der Gehwege. Jetzt im Winter war natürlich keine einzige Blume zu sehen, doch die Bäume und Büsche reckten ihre nackten, knorrigen Äste gen Himmel, als würden sie irgendjemanden dort oben anflehen, sie von diesem schrecklichen Ort zu retten. Einige Pflanzen breiteten sich schneller aus als andere. An manchen Stellen hatten die Wurzeln der Bäume die Bürgersteige gesprengt. Die Hecke, die einst vermutlich den Park und die Gehwege umrahmt hatte, war mittlerweile baumhoch gewachsen. Der Spiel- und Sportplatz erinnerte an eine Lavawüste. Der Boden sah aus wie aufgerissenes Vulkangestein. Und das, was vermutlich einmal nur ein Hügel gewesen war, ähnelte jetzt einem dieser unheimlichen moosbewachsenen Felsgebilde, denen man in der isländischen Landschaft oft begegnete.

Wer sich nicht auskannte, konnte sich hier an Gestrüpp und Steinen schnell verletzen, doch zum Glück kannten die beiden Mädchen das Gelände gut. Trotzdem waren sie vorsichtig, denn sie waren schon länger nicht mehr hier oben gewesen und schon gar nicht unter solchen Umständen. Überall lag Schnee und sie wussten, dass sich die

Gegend immer wieder veränderte: Die Spalten im Boden wurden breiter und tiefer oder zogen sich auch wieder zusammen, bis nur noch haarfeine Risse übrig blieben.

Margrét steuerte gleich die Mitte des Sportgeländes an, wo einst das Basketballfeld gewesen war. Die Basketballstange war so weit in den Boden gesackt, dass der Korb nun in einem Meter Höhe hing. Um Körbe zu werfen, taugte er daher nicht mehr, aber bei anderen Spielen hatte er schon oft eine nützliche Funktion gehabt.

Vor dem Korb tat sich der *Todesschlund* auf. Er führte an einem gemauerten Blumenbeet entlang, das Parkplatz und Spielfeld voneinander trennte und in dem früher einmal Rosenbüsche und Sommerblumen gestanden hatten. Die Öffnung war nicht besonders breit, aber doch so groß, dass man hineinstürzen konnte, wenn man nicht aufpasste. Im oberen Teil waren die Erdwände von den Wurzeln der Rosen durchzogen, die im Beet darüber wuchsen und über den Spalt rankten.

Die Kinder nannten das Loch *Todesschlund*, weil es hieß, dass darin noch immer die Leichen einiger ehemaliger Bewohner der Häuser lägen. Menschen, die in das Loch gestürzt waren und es nicht wieder herausgeschafft hatten. Der Schlund war so tief, dass schreien nichts brachte, wenn man hineingefallen war. Das heißt: Falls man den Sturz überhaupt überlebt hatte.

Einige Jungs hatten sich mal in das Loch abseilen wollen, jedoch die Aktion sofort wieder abgebrochen. Einer von ihnen schwor bis heute, Stimmen gehört zu haben. Ein anderer behauptete, dass ihn etwas an den Füßen gezogen hätte.

Anna gab nicht viel auf solche Geschichten, doch auch sie musste zugeben, dass das Loch irgendwie bedrohlich wirkte.

»Hier ist es«, sagte Margrét. »Du stehst auf der anderen Seite und lockst das *Mädchen* in den Schlund, indem du es zu dir rufst. Wenn wir Zweige darüberlegen und sie mit Schnee bedecken, wird es nicht merken, wohin es tritt.«

Anna fand Margréts Vorschlag gut und die beiden machten sich sofort daran, Zweige zu sammeln.

Eine Stunde später streckten die Mädchen ihre müden Glieder und betrachteten ihr Werk. Statt des Lochs war jetzt ein ungleichmäßiger Haufen aus Zweigen und Ästen zu sehen. Sie rückten ihn noch ein wenig zurecht und holten dann eine Ladung Schnee, die sie darüber verteilen wollten.

Durch die Arbeit war ihnen richtig warm geworden und sie beschlossen, eine kleine Pause einzulegen. Sie setzten sich auf einen Steinhaufen und packten die Brote und den Kakao aus. Anna fühlte sich fast so wie früher, wenn sie mit den anderen draußen unterwegs gewesen war. Sie versuchte, den Augenblick zu genießen und wenigstens für einen kurzen Moment nicht an das *Mädchen* oder Egill zu denken, doch das war schwierig.

Es schneite noch immer große, dicke Flocken, die langsam zur Erde schwebten. Die Mädchen hofften, dass es die ganze Nacht durch schneien und der Schnee alle Spuren ihrer Aktion verdecken würde.

Schweigend saßen sie nebeneinander und sahen sich um. Anna war noch nie im Dunkeln hier oben gewesen und wunderte sich, dass sie bisher nie bemerkt hatte, wie unheimlich dieser Ort wirklich war. Sie warf einen verstohlenen Blick zu den Häusern im Hufeisen.

Mit einem Mal bekam sie Angst. Die scheibenlosen Fenster um sie herum waren wie Augen, die sie anstarrten.

Oder starrte da wirklich jemand?

Jemand, der ihnen nichts Gutes wollte.

»Margrét, ich habe das Gefühl, dass wir nicht allein sind.«

»Ja, hier ist es unangenehm. Wir sollten nach Hause gehen.«

Auf dem Heimweg überlegten sie, wie sie das *Mädchen* am besten zu den Ruinen locken sollten. Margrét schlug vor, dass sie dem *Mädchen* sagen würde, dass Anna dort oben auf es warte und mit ihm reden müsse.

Damit war Anna einverstanden.

15

Als Anna sich von Margréts Wohnung aus auf den Heimweg machte, war sie beinahe froh. Auch als sie an Vigdís' Zuhause vorbeikam und sah, dass alle Fenster dunkel waren, trübte das ihre gute Laune nicht. Anna machte sich schon genug Sorgen, dass sie Margrét in Gefahr bringen könnte. Daher war es wohl besser, wenn sie nicht auch noch Vigdís mit in die Sache hineinzog.

Auch bei ihr zu Hause brannte kein Licht. Niemand da, nur ein Zettel von Annas Vater auf dem Tisch:

Alles beim Alten. Bis jetzt keine Veränderung, immerhin geht es Egill nicht schlechter. Wir drücken die Daumen und schicken ihm positive Energie. Mama bringt Abendessen mit. Ruf an, wenn etwas ist.

Papa

Es war schon kurz vor sieben, die Mutter würde

bald kommen. Anna wollte noch kurz unter die Dusche springen und ging in ihr Zimmer.

Dort bot sich ihr ein seltsamer Anblick.

Das *Mädchen* saß auf dem Bett, inmitten von Annas Klamotten. Pullover, Hosen, Unterwäsche, T-Shirts – alle Kleider waren im ganzen Zimmer verteilt.

»Wa... was machst du da?«, fragte Anna vorsichtig.

Das *Mädchen* blickte auf. Es war, als wäre es in einer Art Trance gewesen. Die Augen guckten ins Leere und der Unterkiefer hing schlaff bis auf die Brust.

»Hmmm. Waaaa.«

Es guckte Anna an, die wieder mal das Gefühl hatte, im freien Fall in die Tiefe zu stürzen. Sie bekam keine Luft und vor ihren Augen tanzten weiße Punkte. Dann wurde ihr eiskalt und sie begann zu zittern.

Anna verlor das Gleichgewicht und sackte auf einen der Kleiderhaufen. Als sie wieder zu sich kam, war das Gesicht des *Mädchens* direkt vor ihr. Die Augen stechend schwarz, der Atem heiß. Er roch wie ein feuchtes Erdloch.

Grab

»Wo bist du gewesen?«

»Ich war bei Margrét zu Hause. Und dann haben wir einen Spaziergang gemacht.«

»Aber sie hätte in der Schule sein müssen.«

»Ja ... ähm ... also ...« Daran hatte Anna nicht gedacht. Natürlich war dem *Mädchen* aufgefallen, dass Margrét in der Schule gefehlt hatte.

»Ich weiß nicht«, sagte sie zögernd. »Vielleicht ist bei ihr etwas ausgefallen ...?«

»Ist auch egal. Du weißt ja: Wenn sich andere in *unsere* Sache einmischen, werden sie es bitter bereuen.«

Die Zufriedenheit und Sicherheit, die Anna kurz zuvor noch verspürt hatte, verpuffte schlagartig. Jetzt bereute sie die gesamte Aktion. Was, wenn das *Mädchen* Margrét wirklich etwas antat?

Das musste sie verhindern. Sie musste endlich mit dem Herumjammern aufhören und die Sache ein für alle Mal klären!

Am nächsten Tag hatten Margrét und Anna kaum eine Gelegenheit, über das *Mädchen* zu sprechen, weil Vigdís und Ingibjörg jede freie Minute mit ihnen verbrachten. Daher bemühten sie sich, so normal wie möglich zu sein und am alltäglichen Geplauder der anderen teilzunehmen. Wenn sie daran dachten, was ihnen an diesem Freitag noch bevorstand, kam es ihnen beinahe unwirklich vor.

Sie unterhielten sich auch über den lang ersehnten Cafébesuch, der nächste Woche Freitag stattfinden sollte. Auf diesen Tag freuten sich Anna und Margrét ganz besonders – bis dahin würden sie alles überstanden haben und das *Mädchen* für immer losgeworden sein.

Am schlausten war es wohl, wenn Margrét an diesem Abend bei Anna übernachtete. Annas Eltern waren froh, dass jemand bei ihr sein würde, und telefonierten mit Margréts Vater, der auch sofort einverstanden war. Er packte gerade für eine Klassenfahrt nach Edinburgh und hatte alle Hände voll zu tun. Während seiner Reise sollte Margrét bei der alten Fríða im Erdgeschoss übernachten.

Nach der Schule lief Margrét allein zu Annas Haus. Die hatte dem *Mädchen* gesagt, dass sie in die Stadt wolle, und es gebeten, währenddessen ihre Hausaufgaben zu machen.

Margrét war nervös, als sie an der Tür klingelte. Obwohl sie alles gründlich durchdacht und geplant hatten, wusste sie, dass nur eine Kleinigkeit schiefgehen musste und ihr ganzer schöner Plan war im Eimer.

Das *Mädchen* kam an die Tür. Margrét fand es unglaublich, das Gesicht ihrer Freundin zu sehen, die sie seit Kindergartenzeiten kannte, und gleichzeitig zu wissen, dass es gar nicht sie war, die ihr gegenüberstand. Das *Mädchen* hatte die gleichen Haare, die gleichen blauen Augen und das gleiche hübsche Lächeln, hinter dem doch etwas ganz anderes steckte. Etwas Dunkles, Böses.

Das Herz schlug Margrét bis zum Hals und sie brachte kaum ein Wort über die Lippen.

Das fing ja gut an ...

Margrét dachte an all das, was diese Kreatur ihrer Freundin bereits angetan hatte. An Píla und Egill und daran, wie beschissen es Anna in letzter Zeit gegangen war. Wut kochte in ihr hoch.

Sie wurde so wütend, dass sie sich nicht mehr unter Kontrolle hatte und dem *Mädchen* ins Gesicht schrie:

»Ich weiß genau, was du bist! Ich weiß, wie du meine Freundin gequält hast und dass du versuchst, ihr Leben an dich zu reißen! Aber das wird dir nicht gelingen, das lasse ich nicht zu! Ich werde niemals deine Freundin und ich werde alles tun, um Anna zu helfen!«

Das *Mädchen* zuckte zusammen und einen Moment lang wirkte es ... verschwommen, als würde es sich auflösen, doch dann war es wieder ganz deutlich zu erkennen und verzog sein Gesicht zu einer Grimasse, die Margrét bei Anna noch nie gesehen hatte.

Das *Mädchen* fauchte zornig: »Na schön, meine Liebe. Du hast gerade dein Todesurteil unterschrieben.«

Erschrocken wich Margrét einen Schritt zurück. Sie hatte einen Fehler gemacht, in ihrer Wut war sie zu weit gegangen. Das war jetzt nicht wirklich nach Plan gelaufen …

»Na klar, wir werden ja sehen, wer von uns beiden als Erste stirbt«, entgegnete sie mit einem Selbstbewusstsein, das sie gerade definitiv nicht hatte. »Anna will die Sache schnellstmöglich beenden. Sie ist oben bei den Ruinen, ich soll dich zu ihr bringen.«

Das *Mädchen* kochte vor Wut – es hätte Margrét nicht gewundert, wenn es zu qualmen angefangen hätte.

»Sie glaubt also, dass sie unseren Vertrag einfach so brechen kann? Was denkt sie eigentlich, wer sie ist?«

Das *Mädchen* sprang in seine Schuhe, warf sich eine Jacke über und stürmte aus der Tür.

Margrét musste sich richtig ins Zeug legen, um hinterherzukommen.

16

Anna fror.

Sie trug einen Wollpulli, ihren Skianorak, Mütze und Handschuhe und sogar ihre Skihose, doch es war gar nicht so leicht, sich warm zu halten, wenn man in solch einer eisigen Kälte nichts anderes zu tun hatte, als zu warten.

Sie hatte die letzten beiden Schulstunden geschwänzt, um sich auf den letzten Kampf mit dem *Mädchen* gut vorzubereiten. Am Morgen hatte sie eine ganze Sporttasche voll warmer Klamotten mitgenommen und zu den Fundsachen geschmuggelt, wo sie ganz sicher niemandem auffallen würde. In der Mittagspause holte sie die Tasche, ging mit ihr auf die Toilette und zog sich um. Sie wartete in voller Montur in einer der Kabinen, bis die Pausenglocke zum Unterricht läutete, dann schlich sie sich hinaus.

Sie machte sich direkt auf den Weg zu den Ruinen.

Alles war noch genau so, wie die beiden es am Abend hinterlassen hatten. Sie hatten befürchtet, dass irgendjemand ihnen vielleicht gefolgt sein und die Falle zerstört haben könnte. Oder, noch schlimmer: selbst hineingefallen war. Aber alles sah gut aus. Es hatte sogar noch mehr geschneit, genau wie sie es sich gewünscht hatten, sodass die Falle jetzt unter einer dicken Schneedecke verborgen war.

Anna setzte sich auf die Steinmauer hinter dem Todesschlund und wartete.

Sie sah sich um. Wirklich ein seltsamer Ort.

Es wäre gut, mehr über ihn zu erfahren und herauszufinden, was damals wirklich geschehen war. Unglaublich, zu all den Fenstern hinaufzusehen und sich vorzustellen, dass dort überall Menschen gewohnt hatten.

Die Stille war bedrückend.

Plötzlich knirschte es hinter ihr, doch als sie sich umdrehte, sah sie nicht Margrét und das *Mädchen,* sondern einen kleinen Jungen mit einem roten Spielzeugauto. Er stand einfach da, ein paar Meter von ihr entfernt, und sagte nichts.

Sein Gesicht war nicht zu erkennen.

»Haaallo. Bist du allein hier?«

Der Junge zeigte keine Reaktion.

Irgendetwas an ihm war merkwürdig, doch Anna konnte nicht sagen, was es war.

Er stand mit gesenktem Kopf da, in einer Faust das Auto.

Doch dann hob er seinen Kopf wie in Zeitlupe. Anna hatte das Gefühl, ihn etwas sagen zu hören,

geh weg schnell fort von hier du bist hier nicht zu Hause

doch sein Mund blieb geschlossen.

Schon wieder hörte Anna etwas hinter ihrem Rücken. Als würde jemand durch den Schnee auf sie zustapfen.

Schnell drehte sie sich um, doch da war niemand.

Auch im Schnee keine Spuren außer ihren eigenen.

Sie wandte sich wieder dem Jungen zu: »Hast du das auch gehört ...?«

Doch es war niemand mehr da.

Verwirrt drehte Anna sich im Kreis. Sie war allein in den Ruinen. Dort, wo gerade noch der Junge gestanden hatte, war der Schnee glatt und unberührt.

Sie war ganz steif vor Angst.

Was ging hier bloß vor sich?

Hatte sie Halluzinationen?

Sie schloss die Augen, ließ sich mit dem Rücken gegen die Steinmauer fallen und rutschte an ihr herunter, zitternd vor Kälte und Furcht.

Sie war den Tränen nahe. Wenn doch bloß Margrét und das *Mädchen* endlich kämen, sie wollte nicht mehr allein sein. Dies war kein guter Ort, das spürte sie ganz deutlich.

Sie wollte die Sache jetzt so schnell wie möglich hinter sich bringen und dann nach Hause.

Da hörte sie schon wieder etwas. Es kam immer näher.

Anna traute sich kaum, die Augen zu öffnen. Sie hob die Lider nur ein winziges bisschen – und sah nichts.

Mit einem Schluchzen machte sie die Augen ganz auf.

Es war nichts und niemand zu sehen.

Langsam stand sie auf und spähte in alle Richtungen. Sie hatte das Gefühl, leise Stimmen aus dem Todesschlund zu hören. Als würde sich dort jemand unterhalten.

Anna wich zurück, bis sie mit dem Rücken wieder an der Mauer stand, von der sie sich nicht mehr wegtraute. So konnte sie wenigstens niemand mehr von hinten überraschen.

Jetzt weinte Anna. Sie konnte nicht mehr.

Da, schon wieder ein Geräusch.

Diesmal kam es von oberhalb der Mauer.

Ganz langsam drehte Anna den Kopf.

Über ihr thronte das *Mädchen*. Es war noch immer in Annas Gestalt, doch so hatte sie selbst noch nie ausgesehen. Die Haare standen in alle Richtungen, struppig und zerzaust. Die Augen funkelten gelb und hatten nichts mehr mit Menschenaugen gemein. Mit krummem Rücken hockte das *Mädchen* auf der Mauer wie ein Wasser speiender Dämon.

Und lachte.

Ein widerliches, tiefes, röchelndes Lachen.

»Du bist bemitleidenswert, Anna«, sagte es mit dröhnender Stimme. »Und du auch.«

Die letzten Worte galten Margrét, die keuchend angerannt kam.

»Anna, ist alles okay?«

»Ja. Mann, bin ich froh, dich zu sehen!«

Margrét war ganz außer Atem. Sie war so schnell gerannt, wie sie konnte, und hatte trotzdem nicht mit dem *Mädchen* Schritt halten können. Den ganzen Weg zu den Ruinen hatte sie eine Mordsangst gehabt, dass das *Mädchen* irgendetwas mit Anna anstellen könnte, bevor sie selbst dort eintreffen würde, doch zum Glück war noch nichts passiert. Abgesehen davon, dass das *Mädchen* immer furchterregender und kaum noch wie ein Mensch aussah.

Mit einem Mal war Annas Selbstbewusstsein wieder da. Sie schlüpfte auf die andere Seite der Falle und baute sich neben Margrét auf. Der Todesschlund befand sich nun genau zwischen ihnen und dem *Mädchen.*

»Ich will mit dir verhandeln. Gibt es nicht irgendetwas anderes, das ich dir geben kann, damit du mich und meine Familie und Freunde in Ruhe lässt?«

Das *Mädchen* lachte noch lauter.

»Mir geben? Was solltest du mir denn schon geben? Ich kann alles von dir haben, wenn ich will. Und du ...« – es zeigte auf Margrét – »hast einen großen Fehler begangen. Ich will nichts mehr mit dir zu tun haben, wenn du *niemals im Leben* meine Freundin wirst.« Den letzten Halbsatz spuckte es Margrét in zynischem Tonfall entgegen.

Anna warf ihrer Freundin einen fragenden Blick zu. Was war zwischen Margrét und dem *Mädchen* vorgefallen?

Da streckte das *Mädchen* die Hand aus, richtete seinen Zeigefinger auf Margrét und bewegte ihn langsam hin und her.

Margrét schwankte im selben Takt nach links und rechts!

»Lass das, ich will nicht ...« Margrét wurde richtig herumgeschleudert. »... das tut weh. Lass. Das. Sofort.«

Das *Mädchen* lachte so laut, dass es in den Ruinen widerhallte.

Anna versuchte, Margrét festzuhalten, doch da wurde auch sie hin und her geworfen.

Sie musste versuchen, das *Mädchen* zu stoppen. Aber einfach zu ihm herübergehen konnte sie nicht, dann würde sie selbst in den Todesschlund stürzen.

Also brüllte sie das *Mädchen* an, es solle endlich damit aufhören und tun, was Anna ihm sage. Tränen der Wut und Verzweiflung liefen ihr über die Wangen. Doch ganz gleich, was sie sagte, das *Mädchen* ignorierte sie und sprach weiter zu Margrét: »Ich will nichts mehr mit dir zu tun haben, wenn du *niemals im Leben* meine Freundin wirst. Dann bist du mir bloß im Weg und ich sollte dich besser gleich loswerden.«

Margrét schrie wie am Spieß. Sie wurde so heftig herumgerissen, dass ihr Kopf im Takt vom Finger des *Mädchens* hin und her schleuderte. Das *Mädchen* grinste und bleckte seine gelben, messerscharfen Zähne. Dann streckte es die andere Hand aus und bewegte den Zeigefinger im Kreis.

»Seht her, was ich kann. Den einen hin und her, den anderen im Kreis. Gleichzeitig! Ich wette, das kriegt ihr nicht hin.« Es lachte gehässig.

Nun wurde Margrét auch noch im Kreis gedreht. Zuerst langsam, doch dann wurden die Drehungen schneller und immer schneller.

Margrét stieß einen langen, herzzerreißenden Schmerzensschrei aus.

Sie wirbelte schneller
und schneller
und schneller.

Anna konnte ihre Freundin gar nicht mehr erkennen. Sie wurde so schnell herumgewirbelt, dass man ihre Umrisse nicht mehr ausmachen konnte. Sie war zu einem undeutlichen, schreienden Strudel geworden.

Aus dem Strudel spritzte Blut.

Das *Mädchen* hob die Hände über den Kopf.

Der Strudel hob ab.

Das Schreien wurde immer schriller.

Das *Mädchen* schlug die Hände auf seine Oberschenkel. Das schmale Ende des Wirbels bohrte sich genau vor den Füßen des *Mädchens* in die Erde, der obere Teil schleuderte in immer größeren Kreisen herum und wurde langsam in den Boden gesogen, wie das Wasser im Abfluss einer Badewanne, wenn man den Stöpsel herauszieht.

Margrét war verschwunden.

17

Anna kam wieder zu sich, als sie versuchte, die Haustür aufzuschließen. Sie zitterte so sehr, dass sie kaum den Schlüssel ins Schlüsselloch bekam. Sie hörte ein leises Winseln und brauchte einen Moment, um zu begreifen, dass sie selbst es war, die da winselte.

»Nicht Margrét. Nicht Margrét. Meine Margrét«, schluchzte sie.

Endlich gelang es ihr, die Tür zu öffnen, und sie rannte in ihr Zimmer. Zum Glück war niemand zu Hause. Ihre Eltern wollten die Nacht über im Krankenhaus bleiben, also war sie bis zum nächsten Morgen allein.

Sie und Margrét hatten eigentlich geplant, zur Feier des Tages Pizza zu essen und vor dem Schlafengehen noch einen Film zu gucken.

Doch nun gab es nichts zu feiern – das *Mädchen* war immer noch da und Margrét verschwunden.

Einfach verschwunden.

Anna starrte gleichgültig auf die Klamottenhaufen, die überall im Zimmer verteilt waren. Sie warf sich aufs Bett und weinte.

Die ganze Nacht tat sie kaum ein Auge zu. Ganz früh am nächsten Morgen stand sie auf, um wenigstens zu versuchen, irgendetwas zu tun. Doch das Einzige, an das sie denken konnte, war Margrét. Was sollte sie bloß tun? So verbrachte sie doch den Großteil des Morgens im Bett und grübelte, wie es weitergehen konnte. Doch egal, wie sie die Dinge drehte und wendete – sie fand keine Lösung.

Irgendwann rief Anna die alte Fríða an, um ihr zu sagen, dass Margrét das Wochenende bei ihr bleiben würde. Fríða war misstrauisch, bis Anna erzählte, dass ihr Bruder im Krankenhaus sei und sie nicht immer allein sein wolle. Davon hatte Fríða schon gehört, Vigdís' Oma Agnes hatte es ihr erzählt. Anna sagte, Margrét sei auf dem Weg nach Hause, um noch ein paar Klamotten zu holen, und sie machte drei Kreuze, als sich herausstellte, dass Fríða gerade unterwegs war.

Anna musste geschlafen haben, denn mit einem Mal war es stockfinster. Sie wusste noch nicht einmal, ob noch Samstagabend oder schon Sonntagmorgen war.

Da hörte sie Schritte im Haus. Anna bekam Panik – was, wenn das *Mädchen* kam? Sie schnappte sich ein großes, dickes Wörterbuch und schlich mit erhobener Waffe aus ihrem Zimmer. Zuerst warf sie einen Blick in die Küche – niemand da. Dann plötzlich ein Rascheln.

Es war jemand hinter ihr.

Blitzschnell drehte sie sich um.

»Da bist du ja, Süße«, sagte ihr Vater erleichtert. »Ich habe dich gesucht.«

»Ja, ich muss geschlafen haben.« Annas Vater sah müde aus. Er hatte dunkle Ringe unter den Augen und ganz zerzauste Haare, als wäre er zig Mal mit den Fingern hindurchgefahren. Das tat er normalerweise nur, wenn er sehr besorgt oder wütend war.

»Ist … ist Egill …?« Anna war gar nicht klar, was genau sie fragen wollte.

»Alles immer noch unverändert. Die Ärzte kommen nicht voran, ihnen fällt nichts mehr ein. Mama und ich denken darüber nach, ihn nach Dänemark zu einem Spezialisten zu bringen, aber das ist sicher auch nicht ganz ungefährlich, solange er so instabil ist.« Er fuhr sich mit den Fingern durchs Haar. »Möchtest du nicht mal mitkommen und ihn besuchen?«

Obwohl Anna ihren kleinen Bruder so gern sehen wollte, konnte sie immer noch an kaum etwas anderes denken als an Margrét. Ihre Freundin war verschwunden und wahrscheinlich würde es ihr selbst bald genauso ergehen.

»Ja, Papa, können wir gleich losfahren?«

»Lass mich noch eben einen Happen essen und was Frisches anziehen. Vielleicht können wir auch Mama ein Abendessen mitbringen.«

Es war also immer noch Samstag.

Anna beschloss, kurz unter die Dusche zu springen und sich zumindest ein bisschen vorzeigbar zu machen. Der Vater hatte ihre verheulten Augen nicht bemerkt, doch ihrer Mutter würden sie sofort auffallen.

Unter der Dusche grübelte sie weiter. Es gab nur einen einzigen Weg aus diesem Grauen, in das sie sich selbst hineinmanövriert hatte: Sie musste den Namen des *Mädchens* erraten.

Doch wie zum Teufel sollte sie das anstellen?

Als sie aus der Dusche stieg und den Spiegel trocken wischen wollte, erschienen plötzlich Buchstaben auf der beschlagenen Fläche. Als würde da jemand vor ihr stehen und auf den Spiegel schreiben!

Hat keinen Namen du musst Tageb M

M?

Margrét?

»Margrét? Bist du hier? Oh, Margrét! Bitte verzeih mir. Ich werde alles tun, um dich zurückzuholen. Was bin ich froh, dass du nicht tot bist. Halte durch, Margrét, ich kriege das irgendwie hin. Ganz bestimmt!«

Sie schluchzte und musste wieder weinen.

»Anna! Mit wem redest du denn da?« Der Vater klang verwundert. »Ist jemand bei dir?«

»Nein, natürlich nicht, Papa. Ich ... ich habe bloß gesungen.«

»Ah ja. Komm, wir sollten los, dann können wir unterwegs noch etwas zu essen für Mama und uns kaufen. Das Krankenhausessen ist auf Dauer nicht der Renner.«

Sie machten sich auf den Weg und kauften Burger, Pommes und Cola. Anna fand es komisch und gleichzeitig wunderbar, etwas so Unspektakuläres zu tun wie mit ihrem Vater Fast Food zu holen, doch dieses Gefühl verflog, als sie das Krankenhaus betraten. Krankenhäuser haben etwas an sich, das den Menschen schlagartig die ungeschminkte Realität bewusst macht. Plötzlich hatte Anna richtig Bammel davor, ihren Bruder zu sehen.

»Papa, was ist eigentlich mit Egill? Ist er wach? Erkennt er uns? Wann geht es ihm endlich wieder besser?«

Der Vater nahm sie bei den Schultern und sah ihr in die Augen.

»Mein Schatz, die Ärzte wissen nicht genau, was dein Bruder hat. In den letzten Tagen war er nur ein paar Minuten bei Bewusstsein. Aber sie sagen, dass es besser ist, wenn er schläft, da der Körper dann mehr Kraft hat, gegen das anzukämpfen, was ihm so zusetzt. Als er aufgewacht ist, war er total schlapp, aber er hat Mama und mich sofort erkannt und kurz gelächelt.«

Der Vater seufzte.

»Wir wissen nicht, wann er wieder gesund wird, aber wir sind guter Hoffnung, dass sich bald etwas tut. Es ist gut, wenn er spürt, dass wir bei ihm sind, und wichtig, dass wir ihm positive Energie schicken.«

Anna nickte und nahm sich fest vor, während ihres Besuchs im Krankenhaus nicht an ihre eigenen Probleme zu denken. Ihre Mutter sollte nicht merken, dass sie etwas bedrückte – sie hatte schon genug mit Egill zu tun und sollte sich nicht auch noch Sorgen um ihre Tochter machen müssen.

Es war gut, dass Anna sich entschieden hatte,

mit ins Krankenhaus zu fahren – obwohl es auch hart war. Als sie ihren Bruder sah, erschrak sie. Er wirkte so unglaublich klein und hilflos in dem großen Krankenhausbett, mit all den Kabeln und Schläuchen. Die Mutter erklärte, dass das Messgeräte seien, die kontrollierten, ob der Körper normal arbeitete. Die Schläuche würden ihn mit Sauerstoff und Nahrung versorgen.

Anna setzte sich an Egills Bett und erzählte ihm seine Lieblingsgeschichte: die Geschichte vom Stinktier Stina, die sie sich selbst ausgedacht hatte. Die Geschichte war total absurd, aber Egill lachte sich immer kaputt, wenn er sie hörte.

Auf der Rückfahrt schwieg Anna und schaute aus dem Fenster. Sie war froh, Egill besucht zu haben. Wenn er bloß wieder nach Hause käme. Er und Margrét. Sie musste die Sache mit dem *Mädchen* zu Ende bringen, irgendwie.

Die Botschaft auf dem Spiegel ging ihr nicht mehr aus dem Kopf. Versuchte Margrét, ihr zu sagen, dass das *Mädchen* keinen Namen hatte? So etwas hatte ja auch Nonni im Laden zu ihr gesagt.

Das hieß dann ja eigentlich, dass sie – Anna – ihm einen Namen geben musste. Mit »Tageb« war bestimmt Tagebuch gemeint – hoffentlich ihr Tagebuch.

Zu Hause angekommen gab Anna ihrem Vater einen Gutenachtkuss und sagte, dass sie müde sei und ins Bett wolle. In ihrem Zimmer schlug sie sofort das Tagebuch auf.

Nach ihrem letzten Eintrag kamen nur leere Seiten. Sie blätterte das Buch Seite für Seite durch und fand schließlich die Botschaft.

Auf der vorletzten Seite stand:

Das Wesen ist älter als alles, was wir kennen, und hat keinen Namen. Du musst ihm einen Namen geben, das ist die einzige Chance.

Ich vertraue auf dich.

Deine Freundin Margrét

18

Der nächste Tag war ein Sonntag. Es war schon Mittag, als Anna von ihrem klingelnden Handy geweckt wurde.

Vigdís war dran.

»Ähm, hi Vigdís.«

»Hi. Anna? Margrét ist doch bei dir, oder? Wollen wir nachher was zusammen machen?«

Ups ... Anna wusste nicht, was sie antworten sollte. Sie konnte unmöglich noch einen weiteren unschuldigen Menschen mit in diese Sache hineinziehen und das Risiko eingehen, dass das Mädchen auch Vigdís angreifen würde.

Außerdem konnte sie sich nicht allein mit Vigdís treffen. Dann würde sie sofort merken, dass etwas nicht stimmte.

»Vigdís ...« Obwohl Anna es schlimm fand, ihre Freundin anzulügen, wusste sie, dass es unter diesen Umständen das Beste war. »Du weißt, dass mein Bruder krank ist? Und im Krankenhaus liegt?«

»Ja, natürlich. Ach, entschuldige, daran habe ich gar nicht gedacht. Natürlich magst du dann nichts unternehmen.«

Die Krankheit ihres Bruders vorzuschieben und das Mitgefühl ihrer Freundin auszunutzen, kam Anna schrecklich falsch vor.

»Wir holen das so bald wie möglich nach, Vigdís. Ich rufe dich an.«

»Ja ... okay ... Bis bald dann.«

Anna hörte, dass sich Vigdís vor den Kopf gestoßen fühlte. Sie dachte ja, dass Margrét bei ihr sei, und wunderte sich, warum sie nicht kommen durfte. Doch darum konnte Anna sich jetzt nicht kümmern. Sie musste sich auf heute Abend vorbereiten, wenn das *Mädchen* hoffentlich zum allerletzten Mal kam, um Anna seinen Namen »raten« zu lassen.

Trotz allem wusste Anna überhaupt nicht, wie es laufen würde. Sie hatten einen Vertrag geschlossen, doch der war auf falsche Voraussetzungen gegründet. Das *Mädchen* hatte gar keinen Namen, den Anna erraten konnte. Von daher hatte Anna auch gar keine Chance gehabt, das Spiel zu gewinnen.

Ob sie sich bei der Wahl des Namens Mühe geben musste? Vielleicht konnte sie einfach sagen: »Ich gebe dir den Namen Rasmussina Rosinenweckchen«, und das *Mädchen* würde verschwinden. Doch irgendwie glaubte Anna nicht, dass es so einfach gehen würde.

Sie legte sich auf ihr Bett und dachte nach.

Dann plötzlich hatte sie ihn. Sie wusste, welchen Namen sie dem *Mädchen* geben würde. Hoffentlich würde es funktionieren ...

Anna nutzte die verbleibende Zeit zum Aufräumen. Sie nahm sich alle Klamottenhaufen vor, die das *Mädchen* im Zimmer verteilt hatte, und räumte alles zurück in den Schrank. Sie ordnete ihre Schulsachen, steckte das Sportzeug in die Wäsche und bezog das Bett neu. Dann machte sie es sich auf ihrem Sitzsack bequem und wartete.

Kurz vor der Abendbrotzeit rief die Mutter an und fragte, ob Anna nicht bei ihrer Oma zu Abend essen wolle, sie könne sie gleich abholen kommen. Egill ging es wieder etwas schlechter, daher wollten die Eltern ihn nicht allein lassen. Damit hatte Anna schon beinahe gerechnet. Sie hoffte so sehr, dass sie die Sache in Ordnung bringen konnte, bevor ihr Bruder – wie Margrét – verschwand. Anna sagte, dass sie mit den anderen

Mädchen lernen wolle und sie sich selbst ums Essen kümmern würden. Sie bat ihre Mutter, Egill und den Vater zu drücken und anzurufen, falls es irgendwelche Veränderungen geben sollte.

Sie zog in die Küche um, setzte sich an den Esstisch und wartete.

19

Na, Anna, hörst du jetzt mit dem Unfug auf oder brauchst du noch mehr Beweise dafür, dass ich stärker bin als du? Du wirst niemals mit mir fertigwerden.«

Anna erschrak fast zu Tode. Das *Mädchen* hatte sich irgendwie an ihr vorbeigeschlichen und stand direkt hinter ihr.

Zweifel regten sich in Anna. Ihr Gegenüber war kein menschliches Wesen. Was, wenn ihr Plan nicht aufging? Was, wenn Margréts Rat falsch war und das *Mädchen* nur noch wütender wurde? Sollte sie es riskieren, dass noch jemand krank wurde oder verschwand?

Das *Mädchen* sprach weiter, als könnte es Annas Gedanken lesen: »Du hast nicht die geringste Ahnung, gegen wen du da ankämpfst. Für dich wäre es das Beste, wenn du sofort aufgeben und den ganzen Unfug lassen würdest, doch so leicht kommst du mir nicht davon. Es macht einfach zu viel Spaß, deine erbärmlichen Versuche zu beobachten, mich zu besiegen.«

Immer stärkere Zweifel nagten an Anna.

Vermutlich war es wirklich das Beste, das Ratespiel weiter mitzumachen, keinen Widerstand mehr zu leisten und das *Mädchen* gewinnen zu lassen. Bestimmt würde es niemandem auffallen, wenn das *Mädchen* ihr Leben endgültig übernahm. Vielleicht würde der eine oder andere merken, dass sie sich veränderte, doch die meisten würden das vermutlich auf die Pubertät schieben. Selbst wenn es Anna gelingen sollte, das *Mädchen* zu besiegen, war noch längst nicht sicher, dass Margrét dann auch wirklich zurückkommen und Egill wieder gesund werden würde.

»Na, hast du einen neuen Tipp für mich?« Das *Mädchen* guckte siegessicher.

Anna musste es versuchen. Wenn sie dadurch ihren Bruder und ihre Freundin retten konnte, war es das wert. Ganz zu schweigen davon, dass es auch um ihr eigenes Leben ging. Außerdem war sie nun nicht mehr nur ängstlich, sondern vor allem stinkwütend, weil das *Mädchen* sie von Anfang an so an der Nase herumgeführt hatte.

»Ja, ich habe einen. Aber müssten wir nicht eigentlich noch mal über die Spielregeln reden? Kann es sein, dass du mich reingelegt hast? Dass du dir die Regeln so zurechtgebogen hast, dass ich gar keine Chance habe zu gewinnen? Kann das sein?«

Es tat gut, die angestaute Wut, Angst und Unsicherheit der vergangenen Wochen herauszulassen. Das gab ihr neuen Mut.

»Es ist eines der ersten Dinge, die man beigebracht bekommt, wenn man spielt oder an einem Wettkampf teilnimmt: MAN SCHUMMELT NICHT!«

Anna schrie jetzt: »Du bist eine verdammte Schummlerin, die ... die ...« Sie verstummte.

Das *Mädchen* veränderte plötzlich seine Gestalt. Es blähte sich auf, hatte keinerlei Ähnlichkeit mehr mit Anna. Es sah aus wie etwas, für das Anna keine Worte hatte. Die Augen wurden gelb und funkelten und es ging ein unbeschreiblicher Gestank von ihm aus,

Verwesung Leiche Tod Blut

ekelhafter als das Ekligste, was Anna sich vorstellen konnte.

»Wer glaubst du zu sein, dass du so mit mir sprichst?«, brüllte es. »Du hältst dich gefälligst an die Regeln, die wir ausgemacht haben. Du warst mit den Konditionen einverstanden, die ich dir genannt habe, und hast auch akzeptiert, dass die Regeln im Nachhinein nicht mehr geändert werden können. Du kannst also nicht sagen, dass ich schummel, du Jammerlappen.«

Sofort bereute Anna es, das *Mädchen* so angefahren zu haben. Es zur Weißglut zu treiben, war sicher der falsche Weg.

»Eine kleine Änderung habe ich trotzdem ...«, sagte Anna. »Da ich weiß, dass du keinen Namen hast, werde ich dir einen geben.«

Das *Mädchen* lief rot an und wollte etwas sagen, doch Anna kam ihm zuvor.

»Ich gebe dir den Namen MONSTER!«, sagte sie laut und deutlich.

»Neeeeiiiin, das darfst du niiiiiicht«, heulte das Monster, »DAS GILT NICHT!«

Es schrie und kreischte und fing ganz langsam an zu verblassen, die Konturen lösten sich auf und gleichzeitig schrumpfte es.

Es wich zur Küchentür zurück, schlüpfte hinaus und bewegte sich durch den Flur in Richtung Haustür. Dabei heulte und schimpfte es lautstark: »Das gilt nicht, so war das nicht geplant, das darfst du nicht!«

Anna folgte ihm, sie musste sehen, wie das endete.

Das Monster jaulte, fauchte und spuckte. Anna hielt zur Sicherheit etwas Abstand, achtete aber darauf, das Monster nicht aus den Augen zu verlieren.

Das wurde allerdings immer schwieriger, da es sich in ein Schattenwesen verwandelte. Die Umrisse wurden immer undeutlicher, für kurze Momente war es so unsichtbar wie ein Spinnennetz in der Dunkelheit.

Anna kam kaum hinterher und hatte keine Zeit, sich zu überlegen, was sie tun sollte, falls das Monster stehen blieb. Sie folgte ihm den Hang hinauf in Richtung der Ruinen und hoffte, dass ihr rechtzeitig etwas einfallen würde.

Es war ein wenig wärmer geworden und der Bürgersteig war ganz matschig und nass. Weiter oben auf der Dämmerhöhe wurde der Matsch noch dicker und das Vorankommen immer schwieriger.

Nun hatte Anna das Monster doch aus den Augen verloren, aber sie war sich relativ sicher, dass es durch die zerfallenen Häuser in Richtung Sportplatz gelaufen war.

Sie beschloss, den längeren Weg zu nehmen und außen herum zu laufen, über den Parkplatz, der übel zugerichtet war: Überall waren große Löcher und Risse im Asphalt. An manchen Stellen sah es aus, als wäre dort etwas Schweres heruntergekracht, an anderen Stellen wirkte es, als hätte sich etwas von unten den Weg durch die Straße freigesprengt.

Ganz vorsichtig betrat Anna das Sportgelände.

Im ersten Moment konnte sie nichts erkennen.

Sie befürchtete, das Monster endgültig verloren zu haben. Vielleicht war es unsichtbar geworden, sodass Anna es gar nicht finden konnte.

Doch dann sah sie es, auf dem Basketballplatz. Es war jetzt besser zu erkennen, hatte wieder mehr Substanz und auch die Umrisse waren deutlicher zu sehen. Anna fiel nichts ein, mit dem sie dieses Wesen hätte vergleichen können. Anstelle von Händen hatte es etwas, das an knorrige Äste erinnerte. Der Rumpf war rund wie eine

Spinne

Kugel und ein Kopf war nicht wirklich vorhanden.

Anna konnte sich nicht erklären, was das Monster da machte. Es reckte die Arme gen Himmel, sah aus, als ob es etwas aufsaugen würde. Jedenfalls wurde es mit jeder Sekunde massiver und die Umrisse immer deutlicher.

Es stand mit dem Rücken zu Anna und den hufeisenförmigen Häuserblocks.

Ganz vorsichtig tastete Anna sich zum Todesschlund vor. Die Falle sah noch genauso aus, wie die beiden Mädchen sie hinterlassen hatten. Abgesehen davon, dass an einigen Stellen die Zweige durchschimmerten, weil der Schnee langsam schmolz.

»Ahhhhhhhh«, machte das Monster, »jetzt bin ich bereit. Du glaubst, so schlau zu sein. Du glaubst, mich an der Nase herumführen zu können. Ganz schön raffiniert, dein Trick – aber das reicht nicht, um mich kleinzukriegen!«

»Wie meinst du das?«, fragte Anna.

Das Monster stürmte in einem Affenzahn auf sie zu. Es bot immer noch einen schrecklichen Anblick, obwohl es inzwischen wieder mehr wie ein Mädchen aussah.

»Ich habe dir einen Namen gegeben. Ich weiß deinen Namen. Ich habe ihn zwar nicht erraten, aber ich weiß ihn – das kommt auf dasselbe hinaus. Ich habe gewonnen, jetzt halt dich an unsere Abmachung!«

Anna wollte sich so platzieren, dass die Falle zwischen ihr und dem Monster lag. Doch noch bevor sie reagieren konnte, hatte das Monster die Seite gewechselt und stand jetzt wenige Meter von ihr entfernt.

Es warf ihr einen merkwürdigen Blick zu; fast sah es aus, als hätte es Mitleid mit Anna.

»Wärst du früher daraufgekommen, hätte es vielleicht funktioniert. Aber jetzt habe ich dein Leben schon so gut im Griff, habe mich schon so in dich hineingelebt, so viel Einfluss auf die Menschen um dich herum und so gute Beziehungen zu ihnen aufgebaut, dass du mich so leicht nicht loswirst. Jetzt ist es an dir zu verschwinden; das hier ist der perfekte Ort dafür. Wenn du Glück hast, landest du vielleicht da, wo deine Freundin ist.«

Es lachte, riss die Arme hoch und zeigte mit der rechten Hand auf Anna.

20

Anna verlor die Kontrolle über ihren Körper. Ihre Füße klebten am Boden fest, während ihr restlicher Körper hin und her schwankte. Jetzt erging es ihr genau wie Margrét.

Sie spürte, dass das Monster mit jeder Bewegung mehr Macht über sie bekam. Sie musste versuchen, es abzulenken und sich wieder einigermaßen unter Kontrolle zu kriegen.

»Findest du es wirklich okay, unseren Vertrag zu brechen? Widerspricht das nicht irgendetwas, irgendwelchen Regeln oder so?«

Das Monster sah sie mit verächtlichem Blick an. »Glaubst du immer noch, dass du in einem Märchen gelandet bist? In dem es Regeln gibt und alle ihr Wort halten? Wie oft muss ich dir noch sagen, dass das hier kein Märchen ist?«

Es regte sich richtig auf. Anna hatte offenbar einen wunden Punkt getroffen. Die Konzentration des Monsters schien nachzulassen, zumindest konnte Anna wieder ein bisschen ihre Finger bewegen. Nur die Füße waren immer noch wie festgenagelt.

»Klar weiß ich, dass das kein Märchen ist, aber das ändert nichts daran, dass man zu seinem Wort steht. Ich kapiere nur nicht, warum du mich nicht sofort umgebracht hast. Warum hast du dir dieses dämliche Spiel ausgedacht, wenn sowieso von Anfang an feststand, dass du mich am Ende töten willst?«

Mit dieser Frage schien Anna das Monster überrumpelt zu haben, es zögerte einen Moment, wusste offenbar keine Antwort. Gleichzeitig hatte Anna das Gefühl, wieder ein bisschen mehr Kontrolle über ihren Körper zu bekommen. Sie versuchte, ganz langsam und vorsichtig auf die andere Seite des Todesschlunds zu gelangen. Aus dem Loch drangen Geräusche, doch darauf konnte sie sich jetzt nicht konzentrieren. Es war schon heikel genug, sich unbemerkt vom Monster zu entfernen und es dabei die ganze Zeit im Blick zu behalten.

Doch das Monster bekam nicht mit, dass Anna sich wegbewegte. Es starrte sie bloß an und wurde immer wütender.

»Erstens sind wir hier in der Realität und die Realität ist weder fair noch gerecht. Die Menschen halten sich nicht an ihr Wort. Und zweitens hätte ich dich jederzeit loswerden können, aber es wäre schon blöd gewesen, dein Leben zu übernehmen, ohne es bis ins kleinste Detail zu kennen. Aber jetzt tue ich es: Ich kann dein Leben besser leben als du selbst.«

Anna begriff, dass sie es dem Monster wirklich leicht gemacht hatte, sein Ziel zu erreichen, indem sie es so nah an die Menschen herangelassen hatte, die sie am meisten liebte. Ihm erlaubt hatte, Zeit mit ihnen zu verbringen und sie kennenzulernen. Und außerdem auch noch ihr Tagebuch zu lesen. Sie hatte das Monster an ihrem Leben teilnehmen lassen, ja, schon jetzt zu viel an es abgegeben. Hinterher war man immer klüger.

Während das Monster sprach, schaffte Anna es, hinter das Loch zu gelangen. Sie stand mit dem Rücken an der Steinmauer, die Sportgelände und Parkplatz trennte. Zwischen ihr und dem Monster der Todesschlund, unter Ästen und halb geschmolzenem Schnee verborgen.

Das klappte doch nie ...

Das Monster machte ein paar Schritte in ihre Richtung. Es schwang immer noch seine Zornesrede, doch Anna hörte nicht mehr zu. Da hob das Monster wieder den rechten

Tentakel

Arm und streckte den Zeigefinger aus.

Jetzt geht es wieder los, dachte Anna und versuchte, sich irgendwie an der Wand festzukrallen. Sie packte etwas Langes, Dünnes – vermutlich die Wurzel von einem der Rosenbüsche – und machte sich auf den Angriff gefasst.

Als nur noch etwa zwei Meter zwischen Anna und dem Monster waren, blieb es plötzlich stehen, noch knapp einen Meter von der Falle entfernt. Es nahm Anna ins Visier. »Wie bist du dahin gekommen?«

Es machte ein böses Gesicht und richtete den

Fühler

Finger auf Anna. Finger? Anna sah noch einmal genauer hin: Da waren keine Finger mehr. Wo normalerweise ein Arm hätte sein müssen, war nun etwas, das wie ein großer, fetter Regenwurm aussah. Es wand sich wie eine Schlange, schien keine Gelenke, ja noch nicht einmal Knochen zu haben.

Anna brach der Schweiß aus. Oh Gott, was war das eigentlich?

Der Arm schnellte über die Falle hinweg auf

Anna zu. Die Situation geriet außer Kontrolle, nichts funktionierte, wie Anna es sich vorgestellt hatte. Irgendetwas musste sie tun, sofort.

»Ich gebe auf.«

Das war nicht, was sie hatte sagen wollen, doch im selben Moment, als ihr die Worte über die Lippen kamen, merkte sie, dass es genau das war, was das Monster hören wollte.

»Ich kann nicht mehr. Versprich mir nur, dass Egill weiterleben darf.«

Das Monster kam ein, zwei Schritte näher. Fast triumphierend fragte es: »Wirklich ...?«

»Ja, ich will nicht mehr kämpfen.«

Unmittelbar vor dem Todesschlund blieb das Monster stehen und guckte skeptisch.

»Warum? Warum willst du jetzt aufgeben?«

Anna ging ein paar Schritte auf das Monster zu. Der Todesschlund lag jetzt direkt vor ihren Füßen. Das Monster in das Loch zu locken, war ihre einzige und letzte Chance. Sollte es nicht gelingen, konnte sie sich gleich selbst in den Schlund stürzen.

»Warum? Sieh mich doch an! Ich bin allein mit dir, weit draußen bei den Ruinen. Niemand weiß, wo ich bin. Und auch von dir weiß niemand, außer Margrét, und die ist verschwunden. Mein

Bruder liegt todkrank in der Klinik. Du bist viel stärker als ich, ich gebe auf.«

Gier breitete sich im Gesicht des Monsters aus. Dann machte es endlich den Schritt.

Es trat auf die Äste, die das Loch bedeckten. Einen Moment lang schien es, als würden sie das Gewicht des Monsters tragen, doch dann gaben sie krachend nach.

21

Anna traute ihren Augen nicht, als sie das Monster im Todesschlund verschwinden sah. Hatte sie es wirklich geschafft?

Sie hielt sich an der Wurzel fest und beugte sich über das Loch.

Nichts zu sehen außer den Zweigen, mit denen sie und Margrét das Loch abgedeckt hatten. Sie ruckelte an einigen Ästen, bis sie hinunterrutschten und den Schnee mitrissen, den die Freundinnen daraufgeladen hatten.

Dann beugte sie sich noch einmal über den Abgrund und versuchte, etwas zu erkennen. Der ganze Schlund schien zu leben.

Es sah aus, als ob sich die erdigen Wände des Lochs bewegten!

Anna wünschte sich, die Laternen würden brennen oder sie hätte eine Taschenlampe dabei, doch als sie Hals über Kopf das Haus verlassen hatte, um das Monster zu verfolgen, war keine Zeit gewesen, an so etwas zu denken. Ihr blieb nichts anderes übrig, als nach Hause zu laufen und eine Taschenlampe zu holen, doch sie wollte den Schauplatz noch nicht sofort verlassen. Da fiel ihr die Handytaschenlampe ein, doch noch bevor sie das Licht einschalten konnte, gab der Akku den Geist auf.

Sie sah sich um. Ein paar Schritte entfernt entdeckte sie etwas Rotes, Glänzendes im Schnee.

Eine Taschenlampe!

Die Taschenlampe von Margréts Vater, die sie eingesteckt hatten, als sie zum Bauen der Falle losgezogen waren. Unglaublich, dass sie noch nicht im Schnee versunken war.

Anna fackelte nicht lange, sondern wagte sich die paar Schritte vom Loch weg und hob die Lampe auf. Ganz vorsichtig kroch sie an den Abgrund heran und leuchtete in die Tiefe.

Zuerst sah sie nichts außer den Erdwänden, doch dann erkannte sie weiter unten Wurzeln,

Greifarme

die nicht wie normale Wurzeln aussahen, sondern ebenfalls in Bewegung waren.

Darunter lag ein großer Klumpen – das Monster!

Zumindest ging sie davon aus, dass es das Monster war. Durch das Gewusel der Wurzeln, die sich fest um den Klumpen schlangen, war kaum etwas zu erkennen. Als der Lichtstrahl auf ihn traf, zuckte der Haufen zusammen. Anna bewegte den Strahl sofort zur Seite, doch nur so weit, dass sie noch erkennen konnte, was dort unten geschah.

Am unheimlichsten war, dass alles absolut lautlos passierte.

Anna beobachtete den stillen Kampf eine ganze Weile, bis sich schließlich nichts mehr regte.

Außer vereinzelten Wurzeln,

Fühler

die sich träge in die Luft reckten, wie ein Mensch, der sich nach einem guten Essen rekelt. Vom Monster war nichts mehr zu sehen.

Anna richtete sich auf.

Sie hatte es geschafft!

Sie hatte gewonnen!

Im ersten Moment war sie einfach nur erleichtert und musste beinahe lachen. Doch dann fielen ihr der kleine Bruder und Margrét ein und sie schluchzte. Sie versuchte, sich mit dem Gedanken zu trösten, dass sie nun wenigstens hatte verhindern können, dass noch mehr zu Schaden kamen.

Sie stand auf und klopfte den Schnee von ihren Kleidern. Sie war völlig durchgefroren und ihre Hose klitschnass.

Ihr Blick fiel auf den Todesschlund. Wenn sie ihn bloß für immer und ewig verschließen könnte. Es war ein unangenehmes Gefühl, das Loch voller seltsamer, lebendiger Wurzeln zu wissen, die ein so mächtiges Wesen wie das Monster einfach so vernichten konnten. Doch darüber wollte sie sich jetzt nicht den Kopf zerbrechen. Sie wollte einfach nur schnell nach Hause, ihre Eltern anrufen und nach Egill fragen. Vielleicht ging es ihm schon besser, jetzt, da das Monster besiegt war.

Sie machte sich auf den Weg.

Und merkte nicht, dass im Todesschlund plötzlich die Hölle los war. Als hätte das Monster irgendetwas geweckt, das dort in tiefem Schlaf gelegen hatte. Die Wurzeln

Fühler

streckten sich in alle Richtungen, als suchten sie etwas.

Eine von ihnen tastete sich bis ganz nach oben. Sie spähte oder schnüffelte in alle Richtungen und erstarrte, als sie Anna witterte.

Die Wurzel zog sich ins Loch zurück, um dann mit aller Kraft in Annas Richtung zu schnellen.

Sie bekam einen Knöchel zu packen, umschlang ihn und begann, daran zu ziehen.

Anna schrie auf vor Schmerzen und Angst. Sie prallte mit voller Wucht auf den Boden, dann war alles schwarz.

Als sie Sekunden später wieder zu sich kam, wurde sie durch den nassen, kalten Schnee geschleift. Verzweifelt versuchte sie, sich irgendwo festzuhalten. Dann endlich bekam sie etwas zu packen, vermutlich einen Zaun.

Die Wurzel zog und zerrte mit einer so unglaublichen Kraft an Anna, dass es sich anfühlte, als würde sie ihr das Bein ausreißen. Anna wollte mit der Taschenlampe nach der Wurzel schlagen, doch es war unmöglich, sich mit nur einer Hand festzuhalten.

Plötzlich fühlte es sich an, als würde jemand die Arme um ihre Taille legen und ihr helfen, sich von der Wurzel loszureißen. Es war, als würde ihr eine innere, aber doch fremde Stimme zuflüstern: »Du bist stark, Anna! Du schaffst das! Sieh doch, was du schon erreicht hast! Na also, gleich haben wir es geschafft!«

Trotzdem war sie drauf und dran, den Halt zu verlieren.

Sie nahm ihre letzte Kraft zusammen und schlug

mit der Taschenlampe nach der Wurzel. Dabei schaltete sich die Lampe ein, der Lichtkegel fiel direkt auf die Wurzel. Die Wurzel zuckte zusammen, wand sich und ließ schließlich los.

Anna war frei.

Sie sprang auf die Beine und wollte wegrennen, doch ihr Fuß knickte weg.

Die Wurzel verschwand zuckend im Todesschlund.

Anna guckte an ihrem Bein hinunter. An der Stelle, wo die Wurzel sie umschlungen hatte, waren Hose und Strumpf verbrannt. Sie blickte auf eine tiefe, offene Wunde. Als hätte sich die Wurzel durch ihre Kleider bis ins Fleisch gebrannt.

Anna biss die Zähne aufeinander und humpelte, so schnell es ging, fort von diesem Ort.

Am Tor zum Sportplatz warf sie einen letzten Blick zurück. Außer den dunklen Ruinen war nichts zu sehen. Nichts, das erahnen ließ, was sich hier in den letzten Tagen und Stunden zugetragen hatte.

Anna kehrte den Ruinen den Rücken und schleppte sich nach Hause.

*

Lies weiter in *Dämmerhöhe – Eiskalt*

März 2016

Birgitta Elín Hassell/Marta Hlín Magnadóttir

Dämmerhöhe, Bd. 2
Eiskalt

Seit einiger Zeit hat Vigdís diese Albträume von einem weinenden Kind mit blutroten Augen. Als sie ihre Großmutter bei einem Gespräch über ungeklärte Todesfälle in der Familie belauscht, beschließt sie zusammen mit Jóhanna, der Sache auf den Grund zu gehen. Auf dem Dachboden finden die beiden ein Kleid und ein altes Foto von einem blondgelockten Mädchen. Und Vigdís spürt eine kalte Kinderhand, die sie irgendwohin führen will.

Arena
136 Seiten • Gebunden
Mit UV-Lackierung und
Prägung auf dem Cover
ISBN 978-3-401-60145-8
www.arena-verlag.de